魔豆

格雷森家，禁止異能魔法！
Grayson Family
1
香草——著
Gene——插畫

格雷森家，禁止異能魔法！

Grayson family

1

目錄

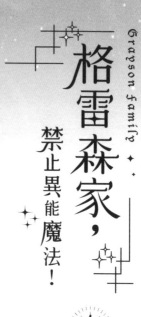

格雷森家，
禁止異能魔法！
人物介紹
馮
菲爾
蓋倫

安東尼
肯恩
維德

01

初來乍到

一輛黑色的汽車，正往位於湖中央的島嶼駛去。

汽車外觀沉穩低調，並不是人們耳熟能詳的高級名車，然而內裝的舒適程度、先進的系統，以及硬體防護，那些市面上買得到的名車卻完全比不上。

平凡的外觀下，車身使用的特殊材質、高科技的智能系統，已經使它的造價超出了其他豪車一大截。更別說這是格雷森家族名下汽車產業特別製造的，只供家族成員使用，外界有錢也買不到。

這輛汽車正駛入格雷森家族的私人土地。家主肯恩·格雷森是世界首富，雖然沒有在政界發展，卻有著舉足輕重的地位，與總統及政商界的大人物們有著非常深厚的情誼。有財富、有人脈，使他在重新建立的新世界過得如魚得水。

二十五年前，災難降臨。一顆巨大的隕石墜落地球，除了引起一場消滅足足三分之一人口的浩劫外，更帶來了不明的輻射與外星生物的卵。

輻射改寫了人類基因，雖然大部分人只發了幾天低燒，沒有因此受到太大的影響。然而有些人卻因而發瘋，甚至死亡。只有小部分幸運兒獲得了異能，成爲異能者。

異能者獲得的能力普遍不強，大約是用念力把湯匙弄彎、跳得比別人高、能看見紫外線光譜的程度。

但部分異能者卻擁有了令人驚歎的才能，他們可以呼風喚雨、入侵別人的思維、操控重力……這些異能者的存在確確實實威脅到常人的安全，讓人在讚歎能力的同時，也產生了嫉妒與猜疑。

隕石墜落的那一日在後來稱爲「大災難」，死傷數量令人心驚，然而對某些異能者來說，他們更願意稱那天爲「重生日」。這些異能者很感謝這一天的到來，令他們「進化」成比人類更高一等的崇高生命體。

同樣，普通人之中也有激進派的存在。他們忌憚異能者的力量，認爲變異者已經不算是人類了，甚至還有人主張應該趁異能者剛冒頭時，消滅這些基因異常的「怪物」。

很快地，普通人與異能者的戰爭便爆發了！

因這場內戰死亡的人數數以億計，後來又遭遇蟲族的入侵——還記得那些隨隕石一起降落地球的外星生物之卵嗎？當年有政權偷偷孵化這些卵進行研究，結果引來被人們稱爲「蟲族」的外星生物的侵略。

外敵入侵使人類再次團結，生死存亡之際，普通人與異能者終於願意拋開成見，聯手抗敵。

只是當人們好不容易消滅入侵的蟲族，無數城市也已淪爲廢墟，許多人失去性命，接二連三的劫難導致全球倖存下來的人數不到二十億。

從此新政權成立，新世界的人類再也沒有國界之分。當時民選的第一任總統，正是從「大災難」那天起便一直堅定地主張普通人與異能者必須和平共存的和平派代表人物——肯恩·格雷森。

肯恩聲望極高，連任完全不成問題。可在局勢穩定後，這個男人卻以「想專注家族事業」爲由卸任。後來由肯恩的好友接任總統一職，並連任至今。

格雷森本就是歷史悠久的商業家族，說是富可敵國也不爲過。肯恩曾經當過總統，與現任總統及諸多權貴關係也好，簡直就是傳說中的人生贏家。

更別說他不僅有錢、有人脈，還有著讓女性爲之傾倒的英俊外貌，長年霸佔全球最英俊男子票選榜首。

即使肯恩早已言明他很享受單身生活，完全沒有娶妻的打算，卻仍有不少美人前仆後繼地想成爲他的戀人。

肯恩是個顏控，他喜歡美麗的事物，從不吝與這些美人發展一段浪漫的戀情，但也僅止於此。最終，沒有任何女人如願成爲格雷森家的女主人。

有趣的是，肯恩雖然風流，但在歷任女友口中有著極高評價。畢竟肯恩出手闊綽，對待女伴溫柔體貼，而且還長得俊。光是衝著高顏值，那些女人也覺得與對方談一場戀愛實在不虧。

雖然肯恩至今依舊未婚，卻育有四名兒子。這些兒子並不是他與過去情人所生，事實上，孩子們與肯恩沒有血緣關係，全都是領養的。

只能說這男人沒有娶妻的心，卻有當爹的胸襟。憑著滿腔父愛，把家族人數由戰後可憐兮兮的一人，神奇地變成了五口之家。

現在格雷森家族的主宅中，除了肯恩那名早逝的二兒子維德外，少爺們全都齊聚一堂。這是很罕見的景象，因爲這段時間他們不是專注於事業，便是忙於課業。

肯恩相當重視孩子們的學業，相較那些老是逃課的富二代，格雷森家的少爺們沒有特殊理由不會請假，可說相當乖巧。

唯一出社會工作、現在擔任格雷森企業總裁的大兒子馮，行蹤飄忽不定。他不介意加班，甚至還是個熱愛事業的工作狂。格雷森企業能夠蒸蒸日上，很大程度都是他的功勞。

然而這人卻會三不五時地鬧失蹤，有時一缺席便是好幾天，也不知道跑到哪裡去了。幸好企業還有肯恩坐鎮，而且馮知人善任，有一位精明能幹的助理會在他失蹤時代替他工作，倒是沒有出過太大的亂子。

現在肯恩的三個兒子之所以全待在家裡，便是爲了迎接格雷森家族的新成員，肯恩的「新」兒子。

這個孩子並非領養來的，而是與肯恩血脈相連的親兒子！

理論上親生孩子的到來，難免會令養子們的存在顯得尷尬。特別是像格雷森這種豪門，還會帶來財產與繼承權等的爭奪。

但三名養子卻不認爲親生兒子的出現會對他們的地位造成威脅，畢竟他們三人都非常出色，是同齡人中的佼佼者。最重要的是，肯恩這位父親眞心愛著他們，這才是養子們無所畏懼的底氣。

如果那名突然出現的親生兒子好相處，那麼他們會很歡迎。但那人要是有什麼壞心思，他們也不是好欺負的。

即使他們從不覬覦養父的財產，也不代表他們願意將格雷森家族交給心術不正的人。因此，得知今天養父要接那名孩子回家，幾人不約而同地請假待在家裡。一方面是歡迎新的家人，表達出對他的重視，另一方面，則是想好好審視對方一番。

雖然沒有見過面，不過幾人得知對方的存在後，立即蒐集了對方的資料——菲爾·約翰遜，十六歲，母親是安妮·約翰遜。

約翰遜是很常見的姓氏，亦不屬於任何權貴家族。資料顯示安妮到首都旅行，對肯恩一見鍾情。雙方談了一段戀愛後和平分手，後來安妮發現懷孕，便生下孩子獨自撫養。

看起來稀鬆平常的故事，細想卻滿是漏洞。

現在的避孕藥男女可用，無副作用，且避孕率接近百分之百。肯恩喜愛美人是一回事，卻絕不會貪圖一時的歡愉而搞出人命，因此每次都會做好避孕措施。

那麼問題來了，菲爾這孩子到底是怎麼來的？

而且安妮生下菲爾後，爲何不告訴肯恩孩子的存在，選擇默默帶走孩子撫養？

將菲爾養到了十六歲，又爲什麼突然把孩子的撫養權移交給生父肯恩？

安妮的種種舉動充滿矛盾，但肯恩不會逃避屬於自己的責任。既然安妮表明不再扶養菲爾，那麼即使他心有疑慮，也還是決定要接回孩子，總不能丟到孤兒院吧？

回憶著菲爾的資料，三兒子蓋倫失望地慨嘆：「爲什麼來的不是妹妹呢？難道上天不認爲我們家陽盛陰衰嗎？」

身爲剛成年的大學生，蓋倫很完美地繼承了肯恩的風流，在大學是個廣受美人青睞的明星級球員。相較於臭男生，他一直很期待可以有個香香軟軟的妹妹。

可惜蓋倫的期望註定不能如願，格雷森家族到了今天依然全員男性。

之所以會形成陽盛陰衰的局面，絕不是因爲肯恩重男輕女，只領養男生，而是因爲肯恩這人很有責任感，面對孩子的問題時特別愼重。他認爲單身男性並不適合領養小女孩，容易讓女孩受到不必要的惡意揣測。

但即使肯恩領養的都是男孩子，還是有人在背後說閒話。畢竟格雷森家族的男孩沒一個是醜的，有些媒體捕風捉影地暗指肯恩是喜歡小男孩的變態，還眞的有部分民眾相信這種離譜的鬼話。

這次得知肯恩有個流落在外的親生孩子時，蓋倫還曾期待家裡能迎來一個可愛的妹妹，可惜結果卻是格雷森家的陽氣又要重上一分了。

聽到蓋倫的抱怨，馮笑道：「只要他安安分分，男或女我都不介意。」

馮的母親是東方人，他繼承了母親的膚色與姣好容貌。聽說馮與他的母親長得特別相像，二人都有一雙多情的鳳眼，以及左眼角下方的一枚小黑痣。

所有兄弟中，馮是唯一在被收養前擁有幸福家庭的人。他的父母非常恩愛，甚至「馮」這個名字還是來自於他生母的姓氏。

這也是馮沒有改姓的原因。馮希望能夠保有這個同時包含親生父母姓氏的名字，藉此懷念過世的雙親。

由此可見，馮是個重感情的人，然而前提是那人必須獲得他的認可。對於將要加入格雷森家的菲爾，馮的態度倒是顯得有些淡漠。

三人之中，單純因爲多了一個家人而感到高興的，只有四兒子安東尼。

安東尼小小年紀就被收養，三歲前的記憶已經忘得差不多了，再加上他是家裡的么兒，從小便被寵愛著長大。在格雷森家族中，是唯一沒有經歷過黑暗、無憂無慮的小王子。

因此比起其他家人，安東尼對菲爾的感覺更加單純。身爲么子，安東尼從小便想要弟弟或妹妹。再加上正值急於長大、想向長輩證明自己的年紀，菲爾的到來大大滿足了安東尼想當哥哥的願望。

得知存在著只比自己小幾個月的弟弟後，安東尼便一直期待與對方見面。

在三人或期待、或防備的等待中，肯恩終於把人接來了。

只見一位衣著華麗、氣質略顯陰沉的少年，隨著肯恩步入格雷森大宅。

肯恩的俊美無庸置疑，即使他已經不年輕了，出色的容貌與一身貴氣依然令眾多美女趨之若鶩。

菲爾的長相與他非常相似，無論是黑亮的髮色或寶藍色的瞳孔，都與肯恩如出一轍。兩人站在一起，別人一眼便能看出他們是有血緣關係的親生父子。

然而兩人的氣質卻有著天壤之別，菲爾絲毫沒有肯恩的優雅與從容。他總是低眉斂目，不正面看向與自己說話的人。即使在肯恩爲菲爾介紹他的兄長時，依然如此，菲爾只敷衍般地點了點頭，簡短說道：「你好。」

菲爾的冷淡讓蓋倫忍不住皺了皺眉，心想這人剛見面便這種態度也太討厭了，是在對他們下馬威嗎？

他該不會以爲自己是肯恩的親生兒子，就不把他們這些養子放在眼裡吧？

馮也對菲爾的態度有些不悅，不過他的城府比蓋倫深多了，完全沒有表露出心思，依然友好地對菲爾笑道：「歡迎你，菲爾。」

蓋倫見狀，也收起了臉上的不愉快，說了聲「歡迎」。

無論如何，弟弟才剛回歸家族，他們怎樣也不該在此時對他擺臉色。

即使菲爾眞的是個頑劣的孩子，他們事後再好好引導他就好，這才是身爲「家人」應該做的事情。

一旁的安東尼按捺不住地上前，向朝思暮想的弟弟興奮地打招呼：「很高興見到你！菲爾，你好害羞哦！」

聽到安東尼的話，不只馮與蓋倫，就連肯恩也愣了愣。

其實菲爾不僅是對兄長們態度不好，甚至連與親自接他回家的肯恩也都沒什麼說話。

面對肯恩親切的問候，菲爾露出的是不想理他、勉強才吐出幾個字的敷衍回應。這讓肯恩不禁有點失望，不知該如何與這個直至十六歲才來到自己身邊的孩子相處。

就算是第一次見面難免生疏，可是菲爾也太沒有禮貌了。因為缺席了這孩子十多年的生活，肯恩並不想初次見面就訓斥他，只好全程忍耐菲爾的冷臉。

眾人都認為菲爾是個不好相處的孩子，然而安東尼的隨口一句，卻讓眾人有了不一樣的思路。

安東尼熱情開朗，就像長於肥沃土地的向日葵，開出燦爛的花朵迎向太陽。然而他身邊的菲爾，此刻看來卻像長在陰暗角落的野草，蔫巴巴地無人問津。

兩個孩子並排站在一起，有著強烈的對比。前者一看便知道是被家人關愛著長大的，生命中從不缺乏愛意與陽光。但後者……菲爾之所以表現得冷淡與疏離，會不會是因爲他長期被親人忽略所導致？

孩子總會不自覺地學習父母的言行，如果父母平常不與孩子互動，怎樣都無法獲得親人情感反饋的小孩也會變得淡漠，不懂得該怎樣正確表達情緒。

在此以前，其實他們誰都不認爲菲爾缺愛。

雖然菲爾的母親不知爲何放棄了他的撫養權，選擇將孩子交給肯恩照顧，可是眾人都覺得菲爾的母親還是愛他的。否則一個年輕女生爲什麼堅持未婚生子，還把孩子養到這麼大？

何況看菲爾一身奢華的衣著，怎樣看都不像是不受寵的孩子啊！

菲爾穿著休閒西裝，衣服是沉穩的黑色，襯托得菲爾身上的飾物就像漆黑夜空中閃亮的彩色星星。

是的，飾物。

他的領針、領結、袖釦、皮帶釦……全鑲著價值不菲的寶石。這些寶石都是通透且色澤艷麗的高檔貨，如果不是溺愛孩子的家庭，又怎會爲他如此花費？

可是安東尼的話提醒了他們，眞的愛護孩子，會把兒子養成現在這副談吐拘謹、只想把自己藏起來般的模樣嗎？

安東尼的熱情令菲爾很驚訝，他飛快抬頭看了對方一眼，下一秒又迅速將眼神移開，應了聲：「嗯。」

蓋倫原本想著要不要改變對菲爾的看法，聞言不由得抽了抽嘴角。且不說這孩子到底是性格不好，還是不懂怎樣與別人相處，態度眞的很令人火大耶！

然而安東尼卻完全沒有被敷衍的生氣或沮喪，他還安慰菲爾：「不用害羞，我們都很喜歡你，以後我們就是家人了！」

菲爾回道：「嗯。」

安東尼頓時雙眼一亮：「你也喜歡我們，也很高興能當我們的家人嗎？好耶！」

眾人：「……」

他只是「嗯」了一聲，你是怎麼翻譯出那麼長的一句話？

到底是你真的可以領略菲爾的意思，還是只是過度解讀？

無論如何，兩個小的開始以這種方式聊天。每次安東尼熱情地拋出話題後，菲爾都敷衍般地應一句，或者乾脆只「嗯」了聲。偏偏安東尼完全不介意，似乎還挺高興的？

眼看安東尼說得高興，一時完全不打算停下，肯恩打斷了他們的對話，道：「安東尼，讓菲爾先回房間休息吧。」

安東尼這才想起菲爾風塵僕僕地來到新家，的確需要先休息一下。原本他想熱情地自薦引領菲爾到房間，不過看到馮以眼神示意後便打消了這個念頭，與菲爾揮手道別：「那你先去休息，我們稍後再見喔！」

格雷森家族的管家伊莉莎白一直沒什麼存在感地站在稍遠處，肯恩發話後，立即上前向菲爾擺出「請」的手勢：「菲爾少爺，請跟我來。」

菲爾點了點頭，直接跟隨管家離開，完全沒有與家人們說再見的意思。

02

魔法

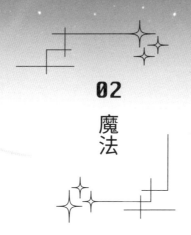

待菲爾走遠後，肯恩收起溫和的笑容：「你們怎麼看？」

馮道：「雖然他的出現充滿疑點，但似乎不是個有心機的孩子。」

安東尼則高高興興地說道：「我覺得菲爾很好啊！就是太害羞了點。」

聽到安東尼的話，眾人不約而同地抽了抽嘴角。

你確定他是害羞，不是沒禮貌嗎？

蓋倫聞言撇了撇嘴，道：「不論原因為何，但他的態度真的讓人很火大。顯然在公開菲爾的身分以前，得替他好好惡補一下禮儀。」

蓋倫的這番話雖然毒辣，但的確是為了菲爾好。上流社會最著重外表與言行。菲爾雖是肯恩的親生兒子，但他是私生子，處境不比他們這些養子好太多。

蓋倫已經可以預期肯恩正式公開菲爾的身分後，他將面臨什麼惡意言詞。也不是說菲爾須要討好任何人，只是他在社交場合亮相時，若依然是這副態度，吃虧的終究會是自己。

身為接菲爾回家的人，肯恩在幾人中與他相處最久。剛開始肯恩還想著是不是菲爾不喜歡自己，才愛理不理的，結果菲爾來到大宅後，卻平等地無視了格雷森家族的所有人……

肯恩揉了揉額角，不由得想起過去他把養子們接回家時的情景。

那時馮的父母被異能者歹徒所殺，馮目睹了整個行凶過程，使他滿心都是悲傷與怨恨。當年肯恩只比馮年長十二歲，與其說是父親，這名監護人更像兄長。還年輕的肯恩看似穩重，其實與馮相處時心裡慌得很。他不知道該怎麼安慰這個痛苦得封閉起內心的孩子。

當時肯恩幾乎把市面上的兒童心理學書籍全看遍了，他小心翼翼地爲馮挑選心理醫生，就怕孩子無法從父母被殺害的創傷中走出來。

二兒子維德就更精彩了，那孩子小小年紀便已學壞，不僅混幫派，還用異能爲非作歹。肯恩與他的初遇便是在一場搶劫中，搶匪是維德，被搶的倒楣鬼正是肯恩。

至於三子蓋倫，從小因爲異能者的身分被父母遺棄，加上孤兒院是非法販賣異能兒童的據點。因此他非常厭惡普通人，肯恩花了很長時間才讓蓋倫敞開心扉，並扭轉了他對普通人根深柢固的惡劣印象。

就只有四子安東尼最讓人省心，畢竟他險些被孤兒院販賣時只有三歲，不太記得當年的事了。加上他本就性格開朗，是個溫暖人心的小太陽。

肯恩本以爲他的育兒經歷會到此爲止，想不到現在迎來了親生兒子，看起來也是個難搞的屁孩。

他已經在心裡想，是不是該將書房那些塵封的兒童心理學書籍再看一遍呢？嘆了口氣，肯恩道：「接下來菲爾便會住在這裡，你們小心一點，別讓他知道不該知道的事情。」

蓋倫明知故問：「譬如什麼？我們的祕密事業嗎？還是我們這些養子全都是異能者這件事？噢！我覺得那傢伙不能知道的事情太多了！」

自從他崇拜的兄長維德死去以後，蓋倫有事沒事就喜歡跟肯恩嗆聲，也許蓋倫心裡對當年來不及救出維德的肯恩，還是有些怨氣的。

即使蓋倫很清楚，對於維德的死，最痛苦的人莫過於肯恩。

安東尼見氣氛有點僵，連忙接過話題，就怕蓋倫又要說出什麼不好聽的話：「大家往後要住在一起，我不覺得可以一直瞞著菲爾啦！」

馮淡然說道：「只要暫時瞞著就可以，相信在菲爾察覺到不對勁之前，我們已能夠摸清他的底。」

言下之意是，萬一菲爾眞的抱持著惡意而來，只要在對方察覺異狀前把人送離格雷森大宅，自然不用擔心住在同一屋簷下會被他發現任何祕密。

肯恩默許了馮對菲爾的安排，他不是不重視這個兒子，他依然會負起當父親的責任，照顧菲爾直至成年。

只是如果菲爾的到來會對其他親人造成危險，便只能把這個小兒子送走了。

◇◇◇

格雷森家族的大宅走典雅風格，沒有暴發戶的金碧輝煌，低調的奢華更符合這個老牌貴族給人的穩重印象，也同樣符合菲爾的喜好。

菲爾的房間在大宅二樓，沿路走來，路上只有零星幾名僕人，這與菲爾想像中的豪門生活有點差距。

這裡沒有預期般僕從圍繞的情況，似乎相較於活人，格雷森家族更喜歡使用沒有生命的機械。想到這裡，菲爾不禁好奇地看向亦步亦趨跟隨伊莉莎白身後、負責搬運行李的小型機器人。

機器人的高度只到菲爾腰間，外表圓滾滾的，看起來很可愛。它體型雖小，力氣卻一點兒也不小，拿起菲爾的行李毫不吃力。

察覺菲爾好奇的目光，伊莉莎白介紹道：「這裡的機器人都是由我們的智能管家『阿當』統一操控，菲爾少爺若有什麼事要阿當處理，喊他一聲就可以了。」

伊莉莎白說完，便見機器人抬頭看向菲爾：「菲爾少爺您好，阿當誠心為您服務。」

機器人是年輕男子的嗓音，卻帶著微微的語音合成感，非常特別。

雖然話是從機器人口中說出，但菲爾知道阿當在大宅中無處不在。他存在於這裡的機器、電腦與網路中。

面對阿當的問好，菲爾簡單地「嗯」了聲，回應依然簡短得像在敷衍，可說是無論對人類還是對人工智慧，都一視同仁了。

因爲長年戰爭，這些年來科技停滯不前，人們努力從戰後的傷痛走出來，艱苦地重建家園。人工智慧的研究在戰前已小有成果，可惜還未投入民間使用，一連串計畫便因戰爭而胎死腹中。

想不到格雷森家族不僅擁有人工智慧，而且各方面的運用已臻成熟。眼前的機器人除了外形以外，行動與對答皆很流暢，與眞人沒有任何差別。

除了阿當，沿路伊莉莎白還爲菲爾介紹了大宅的其他空間。肯恩兒子們的房間全部位處大宅二樓，菲爾的房間在最末端，左邊是安東尼的房間，右邊則是無人居住的客房。

至於身爲家主的肯恩，他的房間與書房都在三樓。應該說，整個格雷森大宅的三樓都屬肯恩的私人空間。

伊莉莎白是位嚴肅的中年女性，雖然她與菲爾說話時用詞非常有禮，但「訓導主任」的氣質過於強烈，菲爾總有被訓話的錯覺。

這也是肯恩在眾多應徵者中挑選了伊莉莎白的原因，家裡的女傭偶爾會出現不安分的人。那些想要走捷徑的女孩不時以各種方法挑逗家中男性，甚至還出現過爬床這種惡劣事件。

因此，肯恩需要的管家不只能力要卓越，還要鎮得住前來工作的女孩們，伊莉莎白顯然勝任此職。

伊莉莎白向菲爾介紹：「島上設有供傭人居住的宿舍，家主與少爺們不喜歡家裡有太多外人出入，因此傭人在完成工作後，便會回到宿舍休息。要是菲爾少爺晚上尚有任何需要，可以找我與阿當幫忙。」

簡單來說，不只平常大宅裡沒多少活人，就連傭人都不會整天待在宅內。菲爾對此沒有任何異議，甚至還有些竊喜。他同樣不喜歡居所有太多外人，何況家裡的人越少，對他接下來的各種行動將越有利。

將菲爾送到房間，請他晚餐時間到飯廳集合後，伊莉莎白便帶著智能管家阿當離開了。

總算獲得私人空間，菲爾鬆了口氣。

他本就不擅長與人相處，突然多了這麼多親人，實在令人感到無所適從。

以往菲爾在家裡是個透明人，只有在需要用到他的魔法能力時，母親才會主動找他說話，菲爾已經很久沒有與人說這麼多話了。

是的，魔法。

菲爾的母親安妮來自一個歷史悠久的魔法家族。

「約翰遜」這個在普通人之中很常見的普通姓氏，在魔法界卻代表著一個歷史悠久的大家族。

法師、巫師、魔女……擁有魔法天賦的人們被冠以各式各樣的稱號，普通人都以爲這是只存在於童話與傳說中的虛構存在，卻不知道他們就隱於眾人之中。

就像最初的異能者受到普通人的猜疑與迫害，在法律尚且不完備的中世紀，嶄露頭角的法師們所受的殘害更令人髮指。

相較於異能者，法師數量更爲稀少。這也造成了他們在遭遇迫害時幾乎全無反抗之力。

大量法師們陸續被處以極刑，橫跨十二世紀至十七世紀的獵巫行動幾乎讓這個稀有族群滅絕了。從此魔法界隱藏了身分，他們與普通人劃分一道壁壘分明的界線，絕不讓常人察覺到他們的存在，他們也不會干涉普通人的生活。

雖然活在同一顆星球，可普通人與法師之間就像活在沒有交集的平行時空。

年輕的安妮貌美又天真，有一名同樣是魔法世家出身的青梅竹馬未婚夫。她卻偏偏在旅行途中對肯恩一見鍾情，甚至爲了得到男人的心，用魔藥迷惑對方的心智。

先不說安妮有婚約在身，光是濫用魔藥便已犯了家族的戒條。何況那時候的肯恩還是個身分敏感的大人物，稍有不慎便會爲魔法界引來滅頂之災。因此她與肯恩在一起不久後，便被父母親自押送回家。

至於受魔藥操控的倒楣鬼肯恩，則被約翰遜家族用魔法修改了記憶，以爲自己只是像往常般與美人交往後和平分手。

被押送回家的安妮成了魔法界的笑柄，以及眾多父母教導孩子魔法守則時的反面教材。所幸安妮的未婚夫眞心愛她，即使發生了諸多事情依舊不離不棄，願意娶她爲妻。

患難見眞情，安妮被未婚夫的眞誠打動。就在她決心放下肯恩時，卻發現自己懷孕了。

那是肯恩的孩子。

原本肯恩與女友親熱時，一定會做好預防措施。然而那時候的肯恩被魔藥迷惑了心神，意外便這麼發生了。

得知自己懷孕後，安妮不是沒有動搖過。她甚至還偷偷打過電話給肯恩，然而對方卻在她暗示想要復合後直接拒絕了。

安妮因肯恩冷淡的態度而受傷，第一次充分認知到自己與肯恩甜蜜的過去，只是魔藥造就的虛假幻影。

安妮終於對肯恩死心，看清現實的她決心抓緊深愛自己的未婚夫，打算趁懷胎月分還小，偷偷打掉肚子裡的胎兒。

但命運卻對安妮開了個大玩笑，這孩子繼承了她的魔法血脈，未出生就已擁有強大的魔法天賦。懷孕期間胎兒與母親血脈相連，同時也共享魔力。要是安妮打掉孩子，只怕會傷及自己的魔力根基。

家族、男人、名譽都只是錦上添花，在魔法界中唯有實力才是最重要的。安妮寧願把一個不愛自己的男人的孩子生下來，也不願冒著絲毫損及魔力的風險。

於是菲爾誕生了。

不得不說，安妮的未婚夫對她是眞愛，最終還是娶了她爲妻。在菲爾兩歲時，兩人生下了名爲布里安的兒子，組成了四人家庭。

安妮有了自己與丈夫的孩子，一切都往好方向發展，菲爾便顯得很礙眼了。法師數量稀少，沒有任何魔法世家會放棄擁有魔法天賦的孩子。不過菲爾對安妮來說，卻是她的黑歷史，是她人生中最大的敗筆。

雖然討厭這個孩子，但安妮與丈夫倒沒有虐待他。只是對小孩而言，父母的冷漠與無視已足以讓他痛苦萬分。

菲爾在家裡就像陌生人，即使家人從來不在金錢上苛待他，可在情感上他們就像吝嗇的守財奴，不想給予他絲毫關注，就連菲爾的魔法啓蒙都是安妮老家派人前來執行的。

菲爾入學時已養成了沉默孤僻的性格，完全不知該怎樣與人相處，在學校裡就是個沒有朋友的透明人。

也幸好他在魔法方面非常有天分，家族很重視他的能力，小小年紀便經常派他出任務。從搜集礦石與草藥，到獵殺魔法生物，菲爾都表現得非常出色。

菲爾因任務認識了一些法師，雖然只是合作關係，但至少爲他黯淡貧瘠的社交生活增加了一點色彩。

現在，向來重視菲爾能力的魔法家族選擇捨棄菲爾，唯一的原因便是他無法繼續爲家族帶來利益了。

那是一次尋找特殊草藥的任務，也是菲爾首次與弟弟布里安合作。

他們任務目標中的植物花朵須用特殊方法保存，布里安是名出色的魔藥師，這棵植物也是爲了他的煉藥需求而採摘，因此他主動提出與菲爾同行。

與外表冷漠、其實只是不善言辭的菲爾相比，布里安卻是眞的冷酷。任務過程中，兩人幾乎沒有說過話，但能與弟弟多相處，菲爾還是非常高興的。

結果這趟旅程卻出了意外，他們遇上同樣看中魔法植物的巫師。爲了保護布里安，菲爾受到巫師的詛咒，從此無法順利使用魔力。

菲爾沒有因此獲得安妮的愛憐，這反而成了安妮終於能擺脫他的最佳藉口。

無論對安妮還是她的丈夫而言，菲爾的存在都是一根刺。他們之所以容忍對方留在家裡，是因為他的力量很強大，他們再怎樣也不願意放棄這個天才。

可現在菲爾受到詛咒，能施展的魔法不及過去的十分之一，說不定哪天便魔力暴動身亡了。對家族來說，繼續養著菲爾已經沒有利益，安妮終於可以毫無顧忌地捨棄他。

得知安妮將自己的撫養權交給肯恩時，菲爾不吵不鬧，只有塵埃落定的麻木。菲爾並不後悔救了布里安，也不留戀不愛自己的母親。只是一想到從此要跟毫無感情的親生父親，以及對方那幾個沒有血緣關係的養子一起生活，便感到一陣窒息。

其實菲爾一開始曾提出讓肯恩給他生活費就好，反正他再過兩年就成年了，可以獨自生活。

然而他的提議卻被肯恩嚴詞拒絕，並略微強硬地把他帶回格雷森大宅。

不得不說，菲爾對肯恩的態度有些驚訝。他本以為自己對男人來說是個累贅，對方理應欣然答應自己的提議才對，想不到這位素未謀面的親生父親，對自己意外地有責任感。

英俊、多金、高雅、有實力、有人脈、有擔當……菲爾突然領略到當年他的母親為什麼會為肯恩傾倒，做出這麼多毫無理智的事了。

肯恩的確有著讓女人為之瘋狂的特質，當安妮知道自己能輕鬆利用魔藥奪取這麼出色的男人時，真的很難抗拒這種誘惑吧？

隨即菲爾又想到格雷森家友善的兄長們，眾人似乎都很歡迎他的到來，至少沒有因為他的沉默而生氣。

特別是安東尼好熱情，菲爾當時緊張得不知道該說什麼才好，安東尼卻彷彿會讀心術般，總能聽懂他的意思。

想到安東尼開朗的笑容，從未被人如此熱烈歡迎的菲爾忍不住紅了臉。心想這個小哥哥真的好可愛！是天使！

再看看自己的房間，無論是客廳或睡房都非常寬敞，除了有獨立衛浴，還設有書房和休息室。房間裡各種擺設與用品都符合自己這個年齡孩子的喜好，顯然是花費心思準備的。

這讓菲爾對往後的生活有了期待，加入格雷森家族似乎是件不錯的事。回味著新家人一起歡迎他的畫面，這是菲爾十多年人生中最獲重視的時候了。菲爾高興得臉頰紅撲撲的，獨自一人偷笑的模樣像個傻子。

菲爾自個兒傻樂了好一會，隨即想到自己的法師身分。他臉上笑容頓時凝結，加深了隱藏身分的決心。

身邊都是柔弱的普通人，他可不能把人嚇到了。

要是讓普通人知道自己的法師身分，他便只能消除他們的記憶，獨自離開了吧？

他喜歡這裡，想試一試……想好好地融入這個家。

03

法師不想鍛鍊

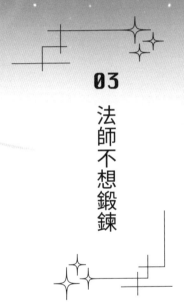

菲爾拍了拍臉頰，讓自己別再胡思亂想後，便開始整理行李。他的行李除了簡單的個人用品，就是大量閃耀亮麗的珠寶飾物。

這些飾物可不只有表面好看，它們全都是附了魔的魔法道具，用途可比單純作爲飾物的價値大多了。

菲爾收拾好東西，再次打量這間房間，想著往後這便是屬於自己的地盤了，該怎樣用魔法好好改造一下。

菲爾房間的裝潢承襲了格雷森大宅的古典優雅，雖然之前肯恩曾交代菲爾可以隨自己的喜好重新裝修，想怎樣改裝只要告訴伊莉莎白就行。

不過，菲爾覺得原本的裝潢就挺好的，充滿貴族氣息的房間正好配得上他那些華美閃亮的魔法道具。

大宅外圍整片都是格雷森家的私人土地，鮮少有外人出入，在這裡工作的傭人更不會久待主宅。

不過這不是菲爾大剌剌地將珠寶全部陳列出來的原因，他的底氣源自於自身的魔法，踏入房間時，菲爾已用魔法結界把這私人領域防護了起來。

異能與魔法看起來很類似，但其實有著極大的區別。

異能者的能力來自基因變異，他們能力單一，沒有法師那麼多元與神祕莫測。異能者不受外界元素影響，比如火系異能者即使身處冰天雪地，依然能夠使出火焰，若異能耗盡，通常是因爲體力或精神的消耗。

至於法師則是利用魔力調動四周元素，過程需要媒介，例如咒語、符咒、魔法陣、以詛咒對象身體的一部分——如頭髮、指甲——製作的人偶、蘊含豐富魔法元素的寶石或礦物等等。

相較於異能者，能夠調動各種元素的法師可使出各式各樣的魔法，多元的手段讓人防不勝防。但使用詛咒或殺傷力強大的魔法，往往需要長時間的準備與嚴格的施法條件，還有被魔力反噬的風險。

再強大的魔法，若是無法發動，也只是沒有意義的空談。因此發動魔法的事前準備越簡單，理論上法師的實戰能力便越強。僅憑言語便能發動魔法的法師，絕對是魔法界中公認的強者。

菲爾在受詛咒以前，便是一名能夠用咒語發動魔法的天才，甚至他還將咒語壓縮至極限，一些常用魔法幾乎可以瞬發。

不過，這都是以前的事情。

巫師的詛咒非常難纏，那股充滿惡意的能量一直潛伏在菲爾體內。平時不會發作，但每次菲爾使用魔法，這股能力便會暴走。不僅對人體造成傷害，還大幅限制了菲爾所能使用的魔力。

現在菲爾體內的魔力依然充沛，卻因那股入侵的力量而無法順利運行。家族請了不少名醫爲他治療無果，只得無奈承認這位難得一見的魔法天才已經廢了。

其實一開始約翰遜家族並不願意將菲爾交給肯恩撫養，這孩子雖然是法師與普通人的混血，但還是有著魔法血統，不是嗎？

將人留著，待他成年後用來聯姻，說不定能夠誕下優秀的後代。

是安妮得知家族的盤算後，私下聯絡肯恩，主動把兒子的撫養權交給對方。

也許安妮不愛菲爾，甚至對這孩子的存在充滿遷怒與厭惡，但她眞心感謝對方救了布里安，也不願讓家族作賤自己的孩子，因此決定放他自由。

對於安妮的任性行徑，約翰遜家族早已麻木，既然肯恩知道了菲爾的存在，雖然有點可惜，不過家族覺得沒必要爲了已經廢掉的混血法師與肯恩爭奪，以免引起普通人對魔法界的關注。

在約翰遜家族放棄他的時候，菲爾沒有放棄自己。他用這些年替家族做事賺來的積蓄，換購了大批蘊含魔法元素的寶石與礦物。經過各式各樣的嘗試，自行領會了將魔法依附在寶石的方法。

一般來說，法師從小就會選擇最適合自己的施法方式，然後便一直朝著這方向有系統地修練與學習。待他們入門後，體內的魔力循環已適應了特定施法方式，無法輕易更改。

例如一名擅長咒殺的巫師，再怎樣修練也是擅長詛咒類型，難以像驅魔師那般使用宗教力量來淨化與驅邪。

然而菲爾卻在短時間內找出咒力侵襲下依然能夠使用的魔法迴路，學習了寶石的附魔並將其靈活運用。不得不說，他是一名魔法天才。

現在菲爾要施展魔法，必須仰賴寶石的力量，因此他對這房間更加滿意了。它附帶一座面積不算小的陽台，非常適合用來舉行各種魔法儀式。畢竟有些寶石吸收了太陽、滿月，或星座的力量後，使用起來更有效果。

別看菲爾房間在二樓，因爲格雷森大宅每層皆爲挑高設計，加上附近沒有遮蔽物，即使是二樓，視野也很廣闊。菲爾走到陽台並仔細觀察其所面向的方位，越看越滿意。

當菲爾思考要怎麼充分運用陽台時，樓下傳來的聲響吸引了他的注意。

從陽台往外看，可看見打理得井然有序的花園，栽種了四季開花的植物，保證任何時候都有花能觀賞。吵鬧聲正好源自視線死角，出於安全考量，陽台的欄杆高至腰間，因此菲爾看不太到下方到底發生了什麼事。

菲爾整個上半身越過了欄杆，好奇地彎腰往下看，這才瞧見他的兩位兄長正在花園……打架？

馮與蓋倫二人赤手空拳對戰，竟給菲爾一種刀光劍影的錯覺。實在是他們速度太快，殺氣太重。不僅只能看到殘影，出手竟還產生破空聲！

要知道雙方距離很遠，菲爾竟然還能聽到聲音，實在很離譜。

他們出手到底多重？簡直要置對方於死地，我該不會目擊了一場謀殺案吧？

除了菲爾，旁觀者還有安東尼。一般來說，人不會無緣無故抬頭，因此很難發現高處有人觀望。然而安東尼似乎對視線很敏感，菲爾探出頭不久，便立即抬頭察看。

安東尼是典型的北歐人長相，淺色系的白金髮色，再配以淡藍色眼眸，看起來就像個氣質滿滿的精靈王子。然而這位天真無邪的小王子，那雙純淨的眸子卻在抬頭時閃過令人心驚的銳意。

直至看到窺探的人是菲爾，安東尼才想起家裡多了一個人，隨即收起鋒芒，又變回和善的小王子，笑咪咪地向菲爾招手：「菲爾，快過來！」

菲爾大驚。

這是要殺人滅口嗎!?

他腦海中迅速閃過馮與蓋倫毫不留情的廝殺，兩人之間殺氣騰騰，最後定格在安東尼那銳利的視線……

不是菲爾腦洞太大，實在是有哪個富家公子會在家裡氣勢凶狠地互毆？旁觀的兄弟發現有人偷看時顯露殺意，隨後又興沖沖地叫人下來，怎麼想都好恐怖！

菲爾仔細回想是否得罪過樓下三人，隨後他覺得自己有必要表態，道：「我是來加入這個家，不是來拆散這個家的。」

安東尼疑惑：「？」

不曉得菲爾爲何突然這樣說，安東尼沒有細想，還因爲對方難得說出這麼長的句子而有些高興。

順著菲爾的話，安東尼再次熱情地邀請：「歡迎你加入這個家，你要加入我們的鍛鍊嗎？」

「鍛鍊？」菲爾愣了愣。

安東尼點頭：「對啊！你下來吧，我們這樣說話好累。」

菲爾應了聲「好」，便想直接從陽台翻身下去。

所幸他立即想起要維持「普通人」的設定，猛地停下動作。然而此時他的重心已經前傾，掛在欄杆上撲騰了好一會才成功站穩。

樓下目睹整個過程的安東尼看得膽戰心驚，覺得新來的弟弟似乎有些手腳不協調，更加加深了要帶對方好好鍛鍊的決心。

當菲爾走到花園，馮與蓋倫已不知從哪摸出長劍與大刀，你來我往地過招。眞．刀光劍影。

菲爾前進的腳步頓住，眼前場景太魔幻，非常不對勁！

「……這是在鍛鍊？」菲爾向安東尼再三確認，他好想報警。

安東尼心裡嘀咕著菲爾不光體力不行，記憶力似乎也不太好，但還是好脾氣地再次說道：「對啊，他們在鍛鍊。我們也一起吧！」

面對安東尼的熱情呼喚，菲爾忍不住後退兩步：「用武器？」

安東尼擺了擺手：「當然不用，你這種初學者隨便練練體力就好。放心，一開始我會陪著你練的。」

菲爾聞言放心了，隨即又好奇地小聲詢問：「為什麼？」

明明是一班富家少爺，這畫風不對啊！

安東尼解釋：「像我們這種家境，很容易被不法之徒盯上。萬一被綁架，還是有點自保能力比較好。」

菲爾看向安東尼身後打得難分難捨的二人：「……」

這已經不是「有點自保能力」的程度了，這兩人簡直是武林高手了吧？

綁匪碰上都要哭！

雖然心裡吐槽，不過菲爾初來乍到，還是希望能夠融入新家族。反正鍛鍊沒有壞處，他便答應下來。

看著一臉高冷的菲爾矜持地點點頭，安東尼有些受寵若驚。

家裡除了肯恩與菲爾是普通人以外，兄弟們其實全都是異能者，只是不爲人所知。他們早就商議好，異能者的身分要瞞著菲爾，但平時的鍛鍊可以適當地讓他知道。

安東尼原本準備了不少說辭想說服菲爾，想不到對方意外地淡然，稍作詢問便應允了。對於馮與蓋倫的身手，也沒有表現得多好奇與驚訝。

如果讓菲爾知道安東尼心裡所想，他會告訴對方其實自己剛剛慌得想報警，只是面癱看不出來罷了。

不過話又說回來，馮有雙迷人的丹鳳眼，眼角下還有一顆色氣的小黑痣。雖然不至於男生女相，但確實很有魅力，平常的打扮也一副商界菁英的模樣。在此以前，菲爾完全想像不到馮會練就這般好身手。

而體格健壯、彷彿校園內深受女生喜歡的運動明星蓋倫，完全符合擅長打架的印象。所以馮與蓋倫對打時卻不落下風，令菲爾十分驚訝。

不過最讓菲爾好奇的是安東尼，畢竟對方看起來像個養尊處優的小王子，很難想像他會像馮與蓋倫那般，你來我往地拳打腳踢。

想到這裡，菲爾不由得把視線投向安東尼的雙手。

初次見面時，菲爾便注意到安東尼雙手戴著手套。雖然感到有些奇怪，但菲爾是那種別人戳他一下才吱一聲的性格，不會主動詢問。

現在安東尼提出要鍛鍊，雖然不知道訓練內容，但要運動這點是無可避免了。他還不把手套脫下來，他不熱嗎？

察覺到菲爾的視線，安東尼主動解釋：「我皮膚不好，容易過敏起疹子。因此平常都會戴著手套，以免摸到任何過敏原。」

菲爾雖然覺得安東尼的病症有點奇怪，手部的皮膚相較其他部位來得粗糙，應該不算過敏的重災區才對。但他說的好像又沒錯，畢竟雙手每天接觸到的東西這麼多，的確是人體中觸碰最多外來物的部位。

安東尼沒有繼續這個話題，他上下打量了菲爾一番，對方沒什麼肌肉，顯然平常沒在鍛鍊。這與同樣身材削瘦，但其實肌肉緊實的安東尼完全不同。

想了想，安東尼決定先熱身，順便看看菲爾的耐力再說：「那我們先繞著大宅跑十圈？」

嚴格說起來，整座島嶼都屬格雷森家的範圍。安東尼當然沒有這麼喪心病狂，眞的拉著菲爾來十次環島遊。他們只是繞著大宅跑，但這對於戰鬥時只要動動嘴皮的法師來說，已足夠他喊救命了。

不想拒絕安東尼的好意，菲爾硬著頭皮開始跑。

起初安東尼還調節自己速度陪菲爾一起跑，但才跑了半圈，菲爾已經喘成狗。他不想影響安東尼的鍛鍊，便道：「你、你……你先跑吧……我……慢慢跟上……」

短短一句話說得斷斷續續，快要斷氣的模樣像在說遺言似地。

安東尼只得自己先跑，在他跑第三圈時，菲爾終於跑完一圈。

安東尼完成十圈時，菲爾正往第三圈邁進。

馮與蓋倫不知何時停止了切磋過招，他們三人一起用複雜的眼神圍觀菲爾的龜速移動。

不，說「龜速」實在太看不起烏龜了，烏龜表示：我跑得比較快！

最後菲爾還是沒能跑完十圈，倒不是他堅持不下去，而是安東尼怕他跑完身體出問題，讓他停下來別跑了。

三人對菲爾孱弱的身體有了充分認知——這孩子體力眞的差。身爲兄長，他們覺得有義務讓弟弟領略運動的好處與樂趣。

菲爾累得雙腿直打顫，聽到三人開始討論他往後的運動計畫，連忙拒絕幾位哥哥的好意，就怕遲一秒，將來會被他們拉著參加鐵人三項。

安東尼勸說：「每天運動身體才健康啊！而且，你不覺得剛剛大哥與三哥互打時很帥嗎？你努力練習也做得到喔！」

然而這番努力激發對方積極性的說詞顯然是對牛彈琴。只聽菲爾道：「很帥，但相較戰士我更喜歡法師。法師都是脆皮，那我體力差就太正常了。」

這是菲爾來到格雷森大宅後，說得最流暢、也最長的句子了，可見他拒絕運動的心到底有多堅定。

一旁的蓋倫笑著說道：「是法師也可以鍛鍊體魄啊，不是有『近戰法師』的說法嗎？」

原本蓋倫對菲爾的第一印象不太好，現在見對方雖然仍板著一張臉，但為了不運動而一本正經地胡說八道，這模樣倒是有幾分少年人應有的活潑。

蓋倫忍不住開口逗了逗他，卻不知道眼前的少年還真是一名法師。

菲爾在內心表示：近戰法師是什麼邪門歪道？沒聽過！

接下來無論兄長們好說歹說，菲爾一律搖頭作為回應。

蓋倫三人雖然覺得菲爾有必要多運動，不過他們也尊重對方的意願。既然不願意，他們也不會用「為你好」的名義管太多。

何況弄出這一齣的最初目的，是讓菲爾稍微了解他們的實力。雖然不能暴露異能，但平常的體能鍛鍊至少不用再避著對方了。

運動後出了一身汗，這時便體現出套房衛浴的好處了。大家各自回房，舒舒服服地洗澡、休息一會後，已差不多是晚餐時間，便到餐廳集合。

消失了半天的大忙人肯恩姍姍來遲，卻發現兒子之間氣氛似乎融洽了些，沒有初次見面時那麼緊繃。

因爲是菲爾來到大宅後的第一頓晚餐，廚師卯足了勁想要好好表現，餐點特別豐富。菲爾很快便吃不下，食物全進了幾個哥哥的肚子裡，一點也沒有浪費。

菲爾看得目瞪口呆，心想他們吃這麼多，到底是如何維持身材的!?

他卻不知道這幾人都是異能者，法師耗盡魔力時會透過魔藥或冥想來修補精神力；至於異能者，則靠進食補充能量。因此吃這麼多東西，對異能者來說非常輕鬆。

菲爾一直認爲家裡全是普通人，自然被他們的食量嚇到，他還以爲是剛剛過度訓練、消耗體力的緣故。這實在太辛苦了，他暗暗加重了絕不鍛鍊的決心。

吃飽喝足後，肯恩正想與新來的小兒子交流、促進一下感情，沒想到收到了緊急訊息，只得無奈地向眾人交代一聲有緊急工作，快步往書房走去。

隨即馮也表示公司有事要處理而離席，蓋倫與安東尼則因爲要趕學校的功課回房了，很快便只剩下菲爾一個。

大家都有事要忙，菲爾正好可以趁著夜色外出走動。他早就想熟悉一下首都的環境，也順道看看附近有沒有可供療傷的靈脈。

既然打算隱藏法師身分，自然不能讓人知道他外出夜遊。畢竟家人知道越多，他越有暴露的風險。因此，菲爾決定僞裝自己在家的假象，再偷偷溜出去。

同樣晚上有祕密行動的，還有菲爾那一眾推說有急事的父兄。

別人都說肯恩運氣好，在異能者與普通人交惡時，他作爲堅定的和平派籠絡了不少人心。身爲普通人的肯恩打著和平共存的旗號，號召不少志同道合的異能者組成異能特警組，專門打擊違反法律的異能者。

正因爲特警組的存在，普通人覺得肯恩是眞心維護他們的權益，異能者也認爲有一班異能者下屬的肯恩能理解他們，因此在選舉時讓肯恩獲得不少選票。

但也有人主張陰謀論，說特警組的總隊長費里克斯在與蟲族決戰時犧牲，說不定便是肯恩一手策劃。要是費里克斯還活著，只怕輪不到肯恩坐上總統之位。

然而那些說著酸言酸語的人卻不知道，他們認爲只憑運氣、靠特警組上位的肯恩，與特警組的淵源比他們想像中更深。

他們以爲肯恩只是出錢與牽線成立特警組的相關人士，卻不知道他才是特警組眞正的領導者。很多重要決策都是出自他手，費里克斯只是他的副手。

肯恩的四名養子全是異能者，年長的三名已經成爲特警組的正式隊員。只是爲了避免恐怖分子尋仇，特警組成員的身分全都不對外公開，因此這件事不爲外人所知。

其實特警組成立之初，成員並沒有特意隱藏身分。畢竟作爲執法人員，公開、公平、公正才更能取信於人。

會多了這樣一條規定，源自於發生在馮原生家的慘劇。

馮的父親是初代特警組成員，當年普通人與異能者鬥爭，特警組的成員既是普通人憎恨的異能者，又是異能者激進分子眼中的叛徒，兩邊不討好。

異能特警都擁有高強的實力，激進分子難以傷害他們，於是便轉而殘殺他們的家人。

那時激進分子抓到了馮和他的母親，強逼馮的父親獨自赴會。等肯恩他們趕到時，馮的父母已經被折磨至死，只救下重傷的馮。

正因爲這場悲劇，從此特警組便不對外公開成員身分。每次執行任務時，擁有精神系異能的成員會爲同伴遮掩容貌，智能電腦阿當也會把所有拍到特警組隊員容貌的影片與照片刪除。

異能特警組這個成立不到三十年的組織，在許多新生代年輕人眼中，是帥氣又了不起的特殊組織，它更是很多年少異能者的志願。然而卻很少有人知道，這個職業總是伴隨著危險、血腥與死亡。

即使是普通人與異能者握手言和的現在，擁有危險思想的恐怖分子依然威脅著人們的安全。那些覬覦異能者能力、進行不人道實驗與人口買賣的普通人，以及異能覺醒後自認高人一等的犯罪分子，都是令特警組頭痛的存在。

正因如此，肯恩根本不希望兒子們成爲異能特警。身爲一名父親，他只希望孩子能夠平安健康。

可惜事與願違，他的兒子一個接一個投身特警組。肯恩既爲孩子們的正義感與理想感到自豪，又爲他們的安危擔憂。這也是當年身爲總統的他選擇不再連任，決定專注於特警組的原因。

晚餐後眾人之所以急須離開，是因爲收到特警組的緊急通知——首都某間銀行發生搶劫案，搶匪全是異能者。他們不只劫財，更肆無忌憚地對路人與警察動手，已經出現死傷。

簡單來說，特警組就是針對異能者案件的ＦＢＩ。這種一般警察無法處理的個案，正是特警組出動的時候！

04

夜探西區

格雷森大宅是數百年的老宅，這種古老大宅往往設置了密道與地下室，甚至還建有一些暗門與隱藏的特殊區域。很多時候，就連大宅的主人對這些設置都未必清楚。

肯恩接手格雷森大宅後，改建了位處大宅下方的地下室，那裡便是他們處理特警組事務時的工作處。

至於特警組總部，財大氣粗的肯恩直接建立了一個太空基地，由成員輪流駐守。既保障了隱密性，也能作爲防範外太空入侵的第一道防線，畢竟當年蟲族的入侵讓全人類對外太空的事物都快產生ＰＴＳＤ了。

各自回到房間的養子們迅速換上戰鬥服來到地下室。

特警組的戰鬥服以黑色爲主，設計時尚，其中藏了不少各自的細節與巧思。它的特製布料輕巧卻防火、防水、防電，服裝設計更配合每人戰鬥能力與喜好的不同而量身訂做。

比如異能是操縱風的風使，他的戰鬥服便設有披風。這可不是爲了耍帥，披風的存在方便風使使用異能時，能借助風力飛翔。

另外，戰鬥服上俐落的線條不只是修飾，還可隨穿戴者的心意調節色調。想低調時能變成融入制服底色的全黑，想有警示效果時也能變成反射光線的純白。

最重要的是戰鬥服可以儲存特警同伴「魔女」留下的精神系異能，只要穿上這身制服，別人便會自動忽略隊員的容貌。明明沒有遮掩臉部，卻無人能想起他們的長相。

此時阿當已把劫匪的資料傳送給肯恩，肯恩評估了那些歹徒的能力後，立即分配工作：「這些劫匪異能不弱，但沒有經過系統性訓練……鷙鳥就在銀行附近，風使你去與他會合，憑你們兩個的力量便足夠了。東區碼頭有不尋常的異狀，幽靈，你和魔女前去查看……」

爲了更好地隱藏身分，異能特警都有各自的代號，以免在任務中因稱呼而洩露同伴的名字。

馮的代號是「幽靈」，蓋倫是「風使」。至於「魔女」與「鷙鳥」，則是特警組的同伴，他們都是第一批追隨肯恩的異能者，現在依然活躍於戰鬥最前線。

他們二人是全職的特警，不像肯恩與馮因爲要管理家族生意，蓋倫與安東尼還是學生，因此只參與夜晚的任務。

但這並不代表馮他們的任務輕鬆，畢竟老鼠見不得光，大都喜歡晚上出沒。

聽到肯恩遲遲沒有提及自己，安東尼忍不住詢問：「首領，我呢？」

肯恩略微停頓了下，道：「疫醫留守，隨時支援大家。」

安東尼聞言，失望地點了點頭，他知道自己又不能隨行出戰，要當個留守大本營的醫生了。

看到安東尼失望又不甘心的模樣，蓋倫安慰地揉了揉他的頭髮，道：「這個世界還沒有糟糕到需要未成年來守護。」

聽到蓋倫的安慰，安東尼卻更鬱悶了。

距離成年還有兩年，所以他這兩年都不能出任務嗎？

往密道走去的馮，回首向蓋倫說道：「別耍帥了，快走吧！彼得潘。」

蓋倫最討厭馮喊他這個綽號，自從他覺醒了操控風的異能後，馮便老說他是小飛俠，這童話般的綽號一點也不帥！

蓋倫報復性地回嘴：「我知道了，小鬼卡士柏！」

◇◇◇

肯恩等人忙碌起來的時候，菲爾也沒閒著。

他在琳琅滿目的魔法飾物中，挑選這次外出可能用得著的佩戴在身上。

雖然經過慎重挑選，不過數量還是很可觀。來到新城市生活，不熟悉的環境令菲爾有些不安，恨不得把所有亮晶晶的裝備全帶齊！

爲什麼人只有十隻手指呢？

如果我有二十隻手指，就能多戴十枚戒指啦！

菲爾對安全感的匱乏，已讓他產生各種詭異的想法了。

受傷前，菲爾只要唸咒便能隨意施展各種魔法，因此他從不會事先思考將要使用哪些種類。

雖然他並不後悔救了布里安，但由奢入儉難，菲爾直到現在還是不習慣施個魔法有這麼多限制。

即使恨不得十隻手指都戴上寶石戒指，但這樣眞的很不舒服……於是菲爾只每手各戴一只，再將領針、袖釦等佩戴在衣服上。

很快地，菲爾穿戴完畢。爲了避免一身珠光寶氣引來壞人覬覦，他穿上了斗篷，把飾物隱藏在布料之下。

準備就緒後，菲爾取出一枚冰洲石，並把它放到地面上。

冰洲石即是透明的方解石，主要成分爲碳酸鈣。由於它硬度不高，非常容易碎裂，因此菲爾的動作也格外小心。

正方形的冰洲石看起來就像冰粒，只是石面上用金屬繪出了特殊紋路。這些美麗的花紋取代魔法咒文，成爲啓動晶石的魔法迴路。

菲爾親手製作的魔法晶石不只美觀，還蘊含非常複雜的學問。特殊金屬刻劃的咒文結合晶石的結構與能量形態，將輔助菲爾使出與之相符的魔法。

像是有著雙折射性的冰洲石，便能讓菲爾成功施展出完美的分身術。

只見光芒一閃，冰洲石瞬間消失，取而代之出現的是長得與菲爾一模一樣的分身！

菲爾向分身微微一笑，露出兩朵淺淺的酒窩。分身也做出相同動作，彷彿照鏡子一般。

直至晶石的魔法能量耗盡，或者菲爾主動取消魔法，這個分身會一直存在。分身擁有基本的自主性，只是不會說話。不過把它留在房裡以防萬一，必要時用來為夜遊打掩護應該已經足夠。

隨即，菲爾取出他的代步工具——一支掃把。

說眞的，菲爾一直不明白爲什麼經過這麼多年，法師的代步工具依然是掃把，感覺有點傻。

這掃把是菲爾向曾經一起出任務的法師訂製的，對方可是製作魔法掃把的能手。那時菲爾忍不住詢問他這個問題，對方一副被冒犯的模樣，不爽地反問：「掃把怎麼了？你有什麼不滿嗎？這是法師的浪漫！」

見對方反應這麼大，菲爾只好把原本想詢問「能不能做一枚火箭」的想法吞回肚子裡。

好吧……果然無論什麼族群，都一樣要跟隨主流，太創新不是一件好事。

菲爾嘆了口氣，心裡為自己求而不得的魔法火箭默哀三秒。

掃把完成後可以附帶兩個魔法，除了必備的飛行能力以外，菲爾選擇了隱形魔法。一般情況下他不會把這功能關掉，每當他跨上掃把、飛往夜空時，便會自動隱藏身形。

魔法的力量不能用常理解釋，這裡所指的隱形不只肉眼看不見，就連監視器也拍不到，甚至紅外線探測也無法，非常安全。

魔法界能夠隱藏這麼多年，自然有它的獨到之處。

菲爾拿著掃把的右手食指迸發出一道閃光，來自那只鑲嵌了亞歷山大變色石的戒指。這顆會隨光源變色的寶石有著變幻外在的特質，在他的驅動下，魔法飾物產生幻象，改變了菲爾的容貌。

雖然能改變容貌，但菲爾一時之間不知道變成什麼樣子才好。結果便在臉上糊了一層霧，彷彿採訪中因爲不願意出鏡，在面部加上模糊特效的受訪者似地。

隱形＋改變容貌，雙重保險完成，也是時候出發了！

菲爾要找的靈脈深埋地底，一般難以發現。菲爾也不急著尋找，他還有部分靈石存貨，這些靈石可以吸收他體內的詛咒，以免咒力暴走。只要不過度使用魔法，便能確保一段時間的平安。

初來首都，相較於尋找靈脈，菲爾不介意放慢腳步多了解這座城市。

安妮的家族選擇遠離人煙生活，菲爾從小便在沒什麼外人的郊區長大。首都是蟲族大戰後恢復得最好的城市。到了夜晚，這座城市依然沒有休息，萬家燈火五光十色，比星星更加耀眼。

菲爾從未見過如此景象，陌生的環境令他產生一種穿越到異世界的錯覺。高貴典雅的格雷森大宅沒有讓菲爾太過驚異，畢竟他早已知道親生父親是首富，對未來居住的環境有所預料。而且母親的結婚對象同樣來自歷史悠久的家族，居住的莊園雖然沒有格雷森大宅那麼氣派不凡，但也不差了。

然而繁榮的首都景象卻讓菲爾感到有些驚訝與不適。他不習慣這麼多人的地方，於是原本打算多了解首都的菲爾，不由自主地往僻靜的地區飛去。

再光鮮亮麗之處仍會有陽光照不到的黑暗，首都自然不例外。即使是整個國家最繁華的城市，依然有窮人的存在。這些人住不到好地段，全聚集在首都最髒亂與偏僻的地區。

菲爾朝偏僻處飛去，不知不覺便飛到首都西區——這片區域也稱爲「窮人區」，是窮人集居之所。

新世界人口銳減，根本不會有土地不足的問題，差別只在於房子的品質與地段。此處在蟲族大戰時曾遭受戰火猛烈洗禮，在首都開始重建時，不少貧窮的外來者選擇在西邊這片無人問津的廢墟建立家園。

然而物資短缺註定他們只能建出簡陋的房屋，甚至有些房子還是利用廢墟的瓦礫搭建，與繁華地區的建築完全沒得比。

人們在這裡隨意建造，沒有任何規劃。西區龍蛇混雜，什麼人都有，而且極度排外，當政府察覺到不妙想要干預時，早已沒了介入的餘地。

菲爾身為法師，靈感特別強。當他來到西區便立即察覺到這裡氣場混亂，似乎有什麼擾亂著四周元素，甚至還牽動了菲爾的傷勢！

幸好菲爾早已做好防護，斗篷飄蕩間，柔和紫光閃現。在紫光的照耀中，菲爾煞白的臉龐總算有了些許血色，急速墜落的身影亦隨之穩住。

騎著魔法掃把搖搖晃晃地降落到地上後，菲爾也恢復過來了。他心有餘悸地摸了摸身上的飾品，這是一枚皇家紫舒俱徠吊墜，只是原本艷麗的寶石變得灰暗了些，彷彿即將枯萎的鮮花。

舒俱徠蘊含大量錳元素，許多靈療師相信它能修復肉體。而它在菲爾這名法師手中是最好的治療石，必要時能修復他因魔力相沖而產生的創傷。

使用魔法掃把僅需微量魔力，可說是小法師最初學習的入門魔法之一。然而在這種元素紊亂的區域，負傷的菲爾可不敢繼續騎著掃把亂闖。不然若眞的從高空掉下來，他也沒地方哭了。

幸好從一開始便把魔力儲存在魔法寶石內，使用起來沒有問題，菲爾至少有著自保的能力。

來都來了，菲爾打算到處逛逛，弄清楚這裡的元素能量爲何如此奇怪。

懶得一直拿著魔法掃把，菲爾開啓了掃把的透明模式後，便將它放在牆邊，打算離開時再過來取回。

沒有了魔法掃把附帶的隱形功能，面目模糊的菲爾看起來很奇怪。不過他也懶得換一副容貌了，反正自從異能者出現後，很多人都擁有了奇奇怪怪的能力，菲爾這副模樣也算不上驚世駭俗。

事實證明菲爾的想法沒錯，他降落的地方是一條無人小巷，在西區什麼怪人都有，什麼異事都可能發生，因此面目模糊、披著斗篷的菲爾雖然看起來非常古怪，卻也沒有人對此深究。

他這副遮遮掩掩的模樣，反而像極了那些前往窮人區「幹壞事」、不想被人知道真實身分的人。菲爾只是走出大街一會兒，便遇上幾名流氓搭訕，嚇得他落荒而逃。

雖然瞧不見他的容貌，但光看氣質便知道菲爾是外來者，在西區小混混眼中，怎樣看都像隻肥羊。

菲爾很快便察覺到有幾道黑影暗暗跟在自己身後，雖然他對自身能力很有信心，不擔心安危，但這麼下去也不是辦法。

他故意往僻靜陰暗的角落走，尾隨者果然跟了過來。

在斗篷遮掩下，菲爾的袖釦發出一陣光芒，隨即他氣質大變。如果說之前的菲爾是畏畏縮縮、不習慣西區環境的外來者，那麼現在他便像披著斗篷的變態殺人魔。

假設之前是外來者察覺有人尾隨，慌不擇路地逃到陰暗角落，此時那個外來者便成了故意引誘他們到無人處，打算殺人分屍的變態！

看著氣勢突增、緩緩轉身看向他們的菲爾，小混混互覷一眼，從彼此的眼中看出了退意。

這些小混混是西區底層，平時也只敢欺負老實人。若說他們是殺人的惡棍，那也太看得起他們了。

這種欺善怕惡的人都有著動物的直覺，他們能看出哪些人好欺負，哪些人惹不起。

現在的菲爾，便是那種給他們十個膽子也不敢招惹的人！

看著一哄而散的小混混，菲爾搓揉了下那枚袖釦。袖釦呈現美麗的寶藍色，極像藍寶石的藍色水晶其實是枚堇青石。

堇青石的名字源自希臘文中「紫羅蘭」的意思，一般有著紫藍色調。也因某些堇青石近似藍寶石的色澤，而被稱爲「水藍寶石」。

當然，堇青石更為人熟知的是「dichroite」這個稱號，這是希臘文中「雙色」的意思，代表從不同方向看會呈現不同顏色，古代人航海時曾用這種寶石來判定方向。

在魔法靈性上，它的變化性質雖然不及亞歷山大變色石，無法直接改變容貌，卻能讓菲爾氣質瞬變，從好欺負的肥羊變成不好惹的大佬。

原本菲爾帶這枚寶石出來是看中它作為「維京人的羅盤石」這個特質，打算迷路時當作指南針使用。畢竟很多祕境與靈脈會擾亂磁場，有時候甚至還附帶迷惑人心的幻境。這些地方往往用不了電子儀器，需要魔法手段指引。

想不到它大大派上用場之處，卻是用來裝腔作勢，實在有些令人哭笑不得。

無論如何，堇青石的效果還是很不錯的，一路下來再也沒有不長眼的人來騷擾，為菲爾省了不少麻煩。

若說菲爾剛才那短暫的空中旅程看到的是五光十色的繁華，現在他便看到一座城市光鮮亮麗之下，藏在黑暗裡不為人知的那部分。

晚上的西區絕不太平，雖然在堇青石的加持下沒有人招惹菲爾，但他還是察覺到暗角處、窗簾後……一雙雙或警戒、或充滿興味的視線緊盯著自己不放。

菲爾無視這些算不上友善的視線，專注感應四周元素，並往其中元素最為混亂的區域走去。

他走著走著，四周越來越荒蕪，最後竟走到了西區的最外圍——一座尚未改建新屋的廢墟。

先前路上還有一些稀疏的街燈，但現在這位置，已黑得幾乎看不清前路，菲爾只得仰賴微弱的星光，小心地走在瓦礫間。

擁有在黑暗中發光特質的寶石自然存在，只是菲爾能攜帶的數量，以及啓動寶石的魔力有限，他自然得謹慎挑選與使用。

可惜走了一會，菲爾仍舊沒找到元素紊亂的核心地點。眼看時間已經不早，明天還要上學呢，於是他只得先打道回府，打算有空再過來看看。

不得不說冥想實在是夜遊的作弊利器，菲爾回到家冥想後再好好睡一覺。第二天起床，精神飽滿得完全看不出昨晚熬過夜。

明明同樣是大半夜不睡，安東尼就沒有法師作弊能力的加持。加上昨晚需要特警出動的案件不少，留守大本營當後勤支援的他今早呵欠連連，也比平常晚了些起床。

菲爾向來早起，他到餐廳時其他人還沒有下樓。伊莉莎白倒是早早便守候著，她告訴菲爾眾人吃早餐時間不定，有時忙起來不一定會吃，請菲爾先行用餐沒關係。

菲爾向管家點了點頭，從善如流地讓對方上早餐。

當菲爾吃著豐盛的早餐時，蓋倫是第一個來到餐廳的人。

相較於為人圓滑的馮、熱情無比的安東尼，肯恩的養子中，菲爾最不知該怎麼相處的人就是蓋倫。

同樣，蓋倫對沉默寡言的菲爾也沒什麼好印象，甚至不太喜歡這個莫名其妙出現的人入侵自己的生活。

何況對於菲爾是肯恩親生兒子這點……老實說，蓋倫是有些嫉妒的。

他作夢都希望肯恩是自己的親生父親，而非那個害怕又厭惡異能者、從小對他非打即罵的男人。

當然蓋倫心裡很明白，在這件事上菲爾並沒有做錯什麼，但依然無法阻止他感到不爽。

看到蓋倫出現時，菲爾對他點了點頭。

原本想與對方道早安的蓋倫，頓時把要說的話吞回肚子裡，心想菲爾表現得這麼冷淡，要是自己太熱情，豈不顯得熱臉貼冷屁股嗎？

於是蓋倫便矜持地微一頷首，算是跟對方打過招呼了。

二人相對無言，空氣中充滿尷尬的沉默。

安東尼來到餐廳時，看到的便是菲爾與蓋倫彼此對望，卻又不說話的模樣。

他彷彿看到兩頭獨狼被強制關在同一個房間裡，彼此佔據著最遠的兩個角落來回試探。

……還挺可愛的。

「蓋倫、菲爾，早安！」

安東尼的聲音頓時打散了室內相對無言的尷尬，蓋倫也笑著回了聲「早安」，菲爾依舊酷酷地對他點點頭。

安東尼的精神保持不到兩秒，很快便打了個大呵欠。他教養很好，打呵欠時會摀住嘴巴，不像多數同年男生那般大剌剌地大張嘴巴，看起來十分秀氣。

蓋倫嘲笑道：「你現在正是長個子的時候，晚上不睡覺，小心長不高。」

安東尼原本氣鼓鼓地想反駁蓋倫昨晚也熬夜了，不過一看到對方高大挺拔的身材……算了。

此時肯恩與馮也來到餐廳，安東尼看著同是高個子的二人，突然驚覺他還眞的是特警組之中最矮的！

不！冷靜！

我只是年輕而已，還有的是時間長個子……

到時候我要蓋倫這傢伙一輩子仰望我，嘻嘻！

安東尼的脾氣來得快、去得快，很快便把自己哄好，然後開始打瞌睡，臉都快要埋到早餐裡去了。

肯恩見狀皺了皺眉，道：「今晚早些休息吧。」

他這話的意思，顯然是想中斷安東尼晚上的「工作」。安東尼立即清醒過來，拍了拍臉頰道：「不不不！我不睏！」

肯恩嘆了口氣，他眞不明白這孩子爲什麼這麼倔強。

不只安東尼，無論哪個孩子，其實他都不希望他們投身特警行列。

他是自私的，只希望孩子們平安，不用遭遇各種危險，生活也不會伴隨著血腥與死亡。

然而他們一個個以異能特警爲目標，亟欲實行心中的正義。看到這些孩子眼中充滿理想的光芒，肯恩不忍心，也沒立場阻止他們。

他是他們的父親沒錯，但這不代表他可以因爲自己的喜好，用著爲對方好的名義阻止孩子們追逐理想。

即使二兒子維德因爲任務而死，肯恩能夠做的只有更努力保護他們，加倍嚴厲地訓練他們而已。

維德……

想到死去的二兒子，肯恩嘆了口氣，向安東尼重申：「你需要休息。」

安東尼知道肯恩的決定不會改變了，抿了抿嘴，蔫蔫地說道：「好吧……」

解決了安東尼可能長不高的危機後，肯恩又轉向菲爾，關心地詢問：「昨晚睡得好嗎？」

菲爾點了點頭。

他覺得非常不自在。

在以前的家裡，菲爾就是個透明人，通常不會有人跟他講話。現在肯恩這個「新」父親卻似乎想與他閒聊，這令菲爾感到很緊張。

平常大家都是怎麼與長輩說話的？
他們會聊什麼話題？
急！在線等！

05

上學去

肯恩對菲爾的性格已有基本了解，並不在意他的沉默，又道：「這裡是你的家，如果有任何需要可以說出來。」

絞盡腦汁想話題的菲爾聞言眨了眨眼睛，他還眞的有事情想拜託肯恩。

肯恩看到菲爾霍地抬頭，那雙與自己非常相像的寶藍色眼眸亮晶晶的，顯然是想到了什麼。

右手忍不住動了動，肯恩覺得菲爾毛茸茸的頭髮似乎很好揉，不過想到雙方還不算親近，便壓住了伸手的衝動，鼓勵道：「有什麼想要的嗎？」

菲爾其實不想麻煩對方，可他有個急須解決的問題，便說：「等我一下。」說罷，不待肯恩回答，小跑著往房間走去。

眾人見狀，都有點好奇菲爾到底想幹什麼。

肯恩沒有等太久，看到對方很快拿著書包跑了回來。

只見菲爾翻找了下書包，接著從裡面取出錢包。

瞥到錢包的一角，肯恩突然想起自己好像還沒給菲爾零用錢。難道這孩子擔心上學沒錢用，所以想向他要嗎？

肯恩正要主動補上零用錢，眼前突然光芒四射，一串由寶石組成的鑰匙圈掛在平平無奇的錢包上，差點閃瞎眾人的狗眼。

原本猜測菲爾是不是缺錢的肯恩，突然覺得有點被打臉。

假咳了聲，肯恩出言詢問：「這串鑰匙圈有什麼問題嗎？爲什麼要特意拿給我看？」

菲爾將鑰匙圈從錢包解下來，遞給肯恩，邊問：「好看？」

寶石絢麗奪目，隨著菲爾的動作微微搖晃，顯得非常靈動。肯恩對它的外觀給予肯定：「好看。」

就是太閃亮了點。

菲爾又道：「我喜歡寶石，也喜歡自製飾物，想要一間工作室。」

聽到菲爾的要求，肯恩立即來了興趣：「這鑰匙圈是你親手做的？」

菲爾點了點頭。

肯恩不由得對菲爾刮目相看，要是他不說，肯恩還以爲這是他不知從哪訂製的奢侈品。

格雷森家族是古老的貴族世家，肯恩從小看遍各種藝術品與首飾，即使以他的審美，也覺得這串掛著不同寶石的鑰匙圈精緻美麗。

仔細一看，鑰匙圈的設計非常特別，每顆寶石鑲嵌在活釦上，再將其扣在由金屬線編織的繩子。這些寶石可以隨意拆下，依喜好搭配掛上去的寶石種類。

想不到這竟然是菲爾親手製作的，這孩子小小年紀便已經對「美」有獨到的見解，而手作能力也很不錯。在肯恩看來，這串鑰匙圈已和許多大師級作品不相上下了。

雖然自製寶石飾物的興趣挺花錢，可對格雷森家族來說不是問題。既然是正經的興趣，甚至菲爾還很有天分，肯恩沒有不支持的道理，大手一揮便道：「沒問題，你挑一間空房改裝成工作室，有什麼需要再跟伊莉莎白說。」

菲爾想不到肯恩這麼輕易便答應了他的請求，他道：「不須再挑一間房間，只要改裝書房就可以了。」

肯恩聞言，誠懇道：「菲爾，你不用客氣，大宅閒置的房間很多。」

然而菲爾卻搖搖頭：「改裝書房就好。」

見菲爾堅持，肯恩笑道：「那好吧。最重要是你這位使用者的意願。」

肯恩話裡帶著父親對兒子的縱容與寵溺，也很尊重他的意見，令菲爾感到很窩心，忍不住露出小小的微笑。

安東尼驚奇地說道：「菲爾，你笑起來有酒窩耶！」

聽到他的話，菲爾立即收起笑容，再次恢復面無表情。

安東尼不好意思地搔了搔臉：「抱歉，是我說錯了什麼嗎？」

菲爾搖搖頭，沒有再說話。

氣氛頓時有點僵，馮看了看時間，提醒道：「安東尼，你再不吃快一點就要遲到了。」

安東尼聞言大驚，連忙加快用餐速度，很快便將早餐全吃進肚子裡，急急忙忙拿著書包就要出門。

當然，離開時，安東尼不忘帶上就讀同間學校的菲爾。

菲爾順勢起身，並拿出早已準備好的有關書房改裝成工作室的計畫交給伊莉莎白。

眼看菲爾被安東尼拉走，肯恩連忙叫住他：「菲爾，你要不要把鑰匙圈留下，我先替你保管？」

雖然菲爾的學校有警衛嚴密地保護，但高中生身上帶著這麼多寶石，實在讓肯恩不放心。

聽到肯恩的提議，菲爾連忙搖頭拒絕，反手拉著安東尼往前衝。不待肯恩多說什麼，已看不到兩個孩子的身影了。

難得見肯恩吃癟，蓋倫不由得笑出聲，馮也輕笑著問：「不用阻止他？」

肯恩嘆了口氣，道：「算了，管太多只會讓孩子更叛逆。菲爾身邊還有安東尼在，出不了什麼事。」

菲爾拉著安東尼上車，確定肯恩不再有機會對自己帶一堆寶石上學發出微詞，總算鬆了口氣。

安東尼不認同地說道：「說眞的，菲爾你隨身帶著這麼名貴的東西，的確有些危險。」

菲爾抿了抿嘴，沒有說話。

因爲要上學，他不能直接把寶石佩戴在身上，只能退而求其次弄成鑰匙圈放在書包，已經很沒安全感了。

要知道神祕會吸引神祕，法師在某些魔法生物眼中是頂級補品，菲爾不可能放棄自保的能力，寶石離身對他來說才是眞的危險。

可惜這些話，他都不能對家人說。

看見菲爾失落的模樣，安東尼頓時不忍心，馬上改了立場，安慰道：「不過也沒關係啦，我會保護你的！」

信誓旦旦說要保護自己的安東尼眞的很可愛。菲爾心裡想著，不禁再次露出小小的微笑。

露出小酒窩的菲爾讓安東尼雙目一亮，不過想到不久前談及酒窩時對方的表情，安東尼這次沒有再指出這點。

格雷森家族名下有汽車產業，肯恩幾人乘坐的汽車全是家族企業特別生產。雖然一般由司機駕駛，但其實系統連接了阿當，只是非緊急狀況不會使用。

司機除了駕駛汽車，同時身兼保鏢一職，出行時負責家族成員的安全，再加上汽車本身物理防護也很出色，安全系數極高。

因此安東尼非常放心地在車上補眠，甚至到學校了還在睡。要不是菲爾拍醒他，不知道要睡到什麼時候。

「嗯……到了嗎？」安東尼揉了揉眼睛，這一睡不只臉頰壓出了紅印，頭髮還翹起了一小綹。

安東尼迷迷糊糊的模樣又乖又軟，菲爾忍不住伸手替他壓了壓翹起的頭髮。

突如其來的親密舉動讓安東尼立刻清醒，清透的淡藍眼瞳微微睜大。

菲爾才伸手壓上安東尼的頭髮，馬上開始後悔自己的舉動。見對方如此驚訝，他像燙到似地飛快縮回手，不知所措地想跟對方道歉。

然而不待菲爾說話，安東尼卻已經詢問：「我的頭髮是睡亂了嗎？」說罷，他又問：「現在可以了嗎？還有沒有其他地方亂了，你幫我弄弄？」

看安東尼眼巴巴地等著自己幫忙整理，菲爾便伸手替他順了順頭髮，隨後道：「好了。」

安東尼聞言，向菲爾展露大大的笑容，道：「謝謝喔！」

菲爾點點頭，也回以一抹微笑。

在車上稍微補眠後，安東尼似乎恢復了一些精神。作爲已在這間學校就讀了數年的前輩，安東尼興致勃勃地爲菲爾介紹。肯恩有意照顧菲爾，特意安排了兩人同班。

活潑的安東尼在班上人緣很好，在他的帶領下，雖然菲爾沉默寡言的個性不受歡迎，但也不會被欺負。

高中課程對菲爾來說並不難。法師精神力卓越，各種艱澀的魔法都難不倒他，何況是高中程度的知識。

菲爾上課時還注意到安東尼又開始打瞌睡，與他同桌的男生正在掩護他，這令菲爾不由得有些好奇，那是安東尼的朋友嗎？

到了午飯時間，睡了一覺的安東尼變得精神奕奕，並把自己的好友介紹給菲爾。分別是查理與奧利弗。

查理是個臉圓圓、笑起來很甜的男生。他長相普通、家世普通、成績普通，是個再平凡不過的普通人。

奧利弗則是異能者，家裡十分有錢。再加上他爲人幽默風趣，長相也不錯，是校園裡的風雲人物，剛剛爲安東尼打掩護的男生正是他。

至於三人爲什麼會成爲朋友？

因爲入學後，安東尼先與鄰座的查理相識，下學期又因課堂分組而結識奧利弗。彼此都覺得對方好相處，熟絡後便成為朋友，三人又很巧地一直同班，發展友誼就是這麼簡單。

認識多年的交情讓三人幾乎無話不談。查理與奧利弗早已從安東尼口中聽說過菲爾這個人了。

菲爾看起來待人冷淡，一副不好相處的模樣，但看在安東尼的份上，兩人還是理所當然地接納了菲爾加入他們的小團體。

安東尼邀請菲爾：「我們通常會到學生餐廳吃，那裡提供的午餐很不錯。你要一起來嗎？」

有很多學生喜歡出校用餐，雖然安東尼與奧利弗並不缺錢，但他們體諒查理的零用錢不多，平常都是一起到學生餐廳吃飯。

菲爾對此沒什麼意見，便點頭答應。

學生餐廳提供的午餐的確如安東尼所說，味道很不錯。怕麻煩的菲爾已經暗自決定，以後午餐都在這裡解決。

三人組邊吃邊閒聊，一開始安東尼試圖讓菲爾加入，但看出對方沒有聊天的意願後，也不再勉強。

青少年的話題離不開異性，從三人對話中，菲爾聽出查理喜歡班上一名叫瑪麗安的女生。菲爾仔細回想了下，那是坐在第三排的金髮少女，長得很漂亮……

「對了，明天的活動怎麼辦？菲爾要跟我們一組嗎？」

突然成爲話題主角，菲爾疑惑地詢問：「什麼活動？」

明天不是假日嗎？

經奧利弗提醒，安東尼這才想起：「抱歉菲爾，我忘記告訴你了！我們學校每個月都會舉行義工活動，由所有班級輪流參與。這次剛好輪到我們班，明天要到西區探訪孤兒院。」

西區？

菲爾腦中浮現出首都地圖，西邊的區域，不正是窮人區嗎？

昨天晚上才去那裡夜遊，原本還打算今晚再過去探一探呢！菲爾不禁愣了愣，心想也太巧了。

看到菲爾不說話，查理誤以爲對方不想去，體貼地提議：「你才剛轉學過來，要是不想去，可以告訴老師……」

「我去。」菲爾打斷了查理的話，說道。

三人聞言都有些驚訝，他們看得出菲爾怕麻煩，也不擅與他人相處，還以爲有機會拒絕便不會參與活動。

見眾人表情這麼訝異，菲爾想了想，重申道：「我想去。而且……我覺得助人很好。」

這確實是菲爾的心裡話，他很怕麻煩沒錯，但也認爲去孤兒院當義工是一件很好的事。

沒說的是，他想趁白天到西區看看，說不定能找到元素紊亂的線索。

既然菲爾想去，午飯後三人便陪他到教職員室向老師報名。

經三人提醒，老師才想起菲爾這位轉學生。其實菲爾才上了一天課，這次義工活動不參加也可以。但既然他主動提出，老師自然不會拒絕孩子做善事的熱情，對於安東尼提出想與弟弟一組的這種小事，老師也欣然答應。

與弟弟一起上學、一起放學，接下來還會和他同組參與義工活動，這令安東尼非常高興。

二人回到家裡後，前來迎接的伊莉莎白一看到安東尼便笑著詢問：「今天學校發生了什麼好事嗎？安東尼少爺，您看起來很開心。」

「嗯！我是很開心沒錯，明天我要與菲爾一起當義工呢！」安東尼像隻快樂的小鳥，高興地與管家分享心裡的喜悅。

伊莉莎白雖是管家，但已在格雷森家族任職多年，安東尼是她看著長大的。在安東尼心裡，伊莉莎白也是他的家人之一。

眾人對她非常信任，甚至他們的另一個身分也沒有特意瞞她。伊莉莎白曾幾次爲他們的身分打掩護，顯然已知道不少內情。雖然雙方沒有明說，卻都保持著心照不宣的默契。

聽完安東尼分享，伊莉莎白也沒有忘記在場的另一人，道：「菲爾少爺，您的工作室已經準備好了。」

菲爾震驚反問：「這麼快？」

雖然在肯恩答應替他改造一間工作室後，菲爾便將要用到的東西列好給對方。但菲爾沒想到自己只是去上學半天，下午回來時工作室竟然裝修好了！

看到驚訝得瞪圓了雙目、又驚又喜的菲爾，伊莉莎白忍不住露出善意的微笑。難得對方情緒外露，看起來總算有幾分少年應有的活潑了：「是的，家主出了雙倍工資請裝修公司趕工，加上您需要的器材在格雷森名下的公司有存貨，因此沒花太多時間。只是施工有點趕，工作室裡的空氣也許不太好，應該過一晚就沒問題。」

菲爾完全顧不上空氣品質這種小事，他雖然努力維持著淡定的表情，但閃亮的眼神已經洩露出迫不及待的興奮：「沒關係，我去看看。」

說罷，菲爾快步走向二樓，到後來幾乎是小跑著過去。

畢竟對於法師來說，一間屬於自己的工作室實在太重要了！

肯恩曾很大方地表示可以讓菲爾保留自己的書房，再挑選任一間房間改裝成工作室，菲爾卻拒絕了。

倒不是菲爾太客氣，而是他更想要一間隨時可以進行附魔儀式的私密工作室。因此對菲爾來說，與其挑選另一個房間作爲工作室，改裝套房裡的書房是更好的選擇。

正所謂有錢能使鬼推磨，肯恩出手闊綽，選用的是首都最好的裝修公司，工作室的改裝讓菲爾非常滿意。

其實魔法飾物多利用魔法製成，工作室的部分機器派不上用場。可爲了避免引起懷疑，菲爾還是在提出工作室要求時，把製作一般飾物必須用到的機器全寫了進去。

檢驗完工作室後，菲爾已等不及想實際使用。

工作室內的確殘留了些許裝修的異味，菲爾把昨天使用過的方解石放在工作室中央，並將其啓動。

這次菲爾不是爲了製作分身幻象，而是使用了方解石能吸收異味的特質。

工作室內的異味瞬間一掃而空，原本清透的方解石隨之像吸收了負能量般變得渾濁，顯然不能繼續使用了。

原本菲爾打算今晚再去西區，不過想到明天的義工活動就會踏足那片區域，探查不急於一時，便選擇順應內心，先體驗一下這間新出爐的工作室。

至於要鍊製的魔法飾物，菲爾心裡已有初稿。

他準備鍊製一些防護用的飾物給肯恩幾人，菲爾沒有忘記安東尼曾經說過，身爲首富之子的他們容易遭遇綁架等危險。想到家人都是柔弱的普通人，菲爾認爲自己有責任好好保護他們。

製作魔法飾物從挑選材料開始，畢竟寶石的挑選將決定魔法的性質。菲爾思考各種不同魔法後，還是決定選擇最保險的魔法護盾。

決定好防護魔法的性質，菲爾便也自然知曉所需寶石。有什麼比硬度十、被喻為世上最堅硬的天然寶石更適合呢？

菲爾不再多想，從材料庫中挑選了幾枚切割好的鑽石。隨後又拿出一枚黃鐵礦，以及作為基底材料的條狀白金。

黃鐵礦的英文名字「Pyrite」來源於希臘文中的「Pyr」與「Pyrites」，意指「火」與「打火石」，因以硬物敲擊會產生火星而取此意。是擁有滿滿火元素的礦物，加上產量豐富，獲取不難，非常適合法師用來點火鍊製。

如之前所說，工作室裡很多工具與儀器是用來掩人耳目的，其實菲爾根本用不著。他手指輕輕一點，注入魔法能量的黃鐵礦頓時化成一道金黃色明亮火光。

隨即菲爾將鑽石與白金放入火中，在魔力作用下，飄浮在火光中的兩種材料開始融合，並變化出飾物的形貌。

飾物化形的同時，菲爾也在鑽石附上魔力並啓動咒文。他將飾物設為被動觸發，只要佩戴之人面臨危及性命的危險，便會自動啓動魔法護盾。魔力耗盡以前，佩戴者都會被保護在護盾裡。

而菲爾作爲魔力的提供者，護盾一旦啓動，就會與他產生共鳴，可以讓菲爾趕過去救人。

完美！

唯一的問題是，菲爾現在能使用的魔力有限，僅僅做一個領帶夾，已覺得體內魔力開始翻騰、不受控，只好停止製作。

想了想，菲爾把領帶夾放入禮物盒，決定暫時保留。他打算做完所有人的禮物後再一次送出。

將禮物盒放到一旁，過了一會，菲爾又忍不住拿起來端詳。

我還是第一次親手爲家人製作禮物呢……

不知道他們會不會喜歡？

領帶夾的款式會太簡單嗎？可是感覺父親不喜歡太花俏的造型……

要不……在包裝上多花些心思？

就在他思考著要不要裝飾禮物盒，比如打個蝴蝶結之類的，便聽到敲門聲。

菲爾打開房門，門外的安東尼探頭進來，詢問：「你在幹什麼呢？已經到晚飯時間了，要一起吃嗎？」

菲爾這才察覺時間已晚，之前太專注於飾物的製作，沒注意到。

二人來到餐廳時，卻發現今晚只有他們兩人用餐，不見另外三名家庭成員的蹤影。

面對菲爾詢問的眼神，安東尼解釋：「父親與馮要留在公司開會，蓋倫有課外活動，會晚點回來。」

實情是有異能者與普通人發生大規模衝突，三人都忙著處理突發事件，只有安東尼這位被首領要求休息一天的特警組實習生有空。

想到大家都爲和平忙碌著，只有自己無所事事，安東尼很不甘心。明明自己距離成年只差兩年，怎麼大家都當他是小孩子？安東尼總覺得能力不被信任，感到深深的無力與不甘。

嘆了口氣，安東尼又爲家族成員的缺席補充解釋：「父親與馮平常很忙，常常臨時有工作要處理。另外，蓋倫參加了很多課外活動，也經常不在家。」

其實是經常出現異能者相關的特殊案件，所以家人們才會時不時失蹤，就只有我這麼閒……

想到這裡，安東尼更失落了。

菲爾見安東尼悶悶不樂，還以爲他是因爲家人沒空陪伴，所以感到寂寞了。猶豫片刻，菲爾道：「我今天有空……」

安東尼察覺菲爾的言下之意，有點驚訝地抬頭。看到對方因爲難得主動而支支吾吾的模樣，安東尼沒有催促，而是耐心地等待菲爾接下來的話。

在安東尼充滿鼓勵的注視下，菲爾有點緊張地續道：「我可以陪你……如果你需要的話。」

菲爾害羞又忐忑地等待回覆的樣子眞的很可愛，安東尼高興地抱住了他：「我當然需要！菲爾你眞好！」

突然被抱住的菲爾驚訝地瞪圓了雙眼。自己的善意獲得別人熱情的接納，讓他忍不住稍稍勾起了嘴角。

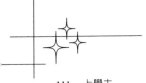

06

到訪孤兒院

既然允諾了這天要陪伴安東尼，晚上的活動便由對方安排了。

晚餐後，安東尼邀請菲爾：「你要來我的房間寫功課嗎？然後我們可以一起去看電影！」

菲爾雖然不明白為什麼功課要一起寫，不過也無所謂，直接拿著書包去找安東尼了。

安東尼的房間在菲爾隔壁，格局一模一樣，房內的裝修卻天差地別。菲爾是直接沿用之前的裝潢，甚至連掛在牆上的名畫都沒有更換。高雅的木質牆壁配上原木家具，很有英式貴族莊園的感覺。

至於安東尼的房間則鋪上白色壁紙，家具全部採用現代設計，居家風的裝潢充滿了少年感。跟菲爾房間相比，簡直就像是另一個世界。

安東尼興致勃勃地邀請菲爾進書房，他的書房也挺有意思，放在書櫃上的全是漫畫，甚至還有幾個書架被各種動漫模型佔據。

察覺到菲爾的視線，安東尼臉上一紅，尷尬地解釋：「其實以前有放一些參考書的……」

菲爾安撫道：「自己喜歡就好。」

誰說書房裡的書架一定要放文學與參考書呢？

屬於自己的地方，當然是怎麼舒服怎麼來，要是連私人空間都要顧及別人的看法，那也太累了。

安東尼高興地點了點頭，隨後二人開始寫功課。

高中課業繁重，但對菲爾來說卻是小菜一碟，他很快便完成了，反倒是安東尼科目之間程度落差極大，在不擅長的文學與歷史花了不少時間。

等待期間，無所事事的菲爾拿出筆記本創作，他還有三份禮物要構想呢！

終於完成功課後，安東尼好奇地看向一直在寫寫畫畫的菲爾，發現他在筆記本上畫了一些飾物的草圖，忍不住探頭過去，想看得更加仔細。

菲爾察覺到他的動作後，直接合上了筆記本，問：「功課寫完了？」

菲爾似乎不想讓人看到筆記本的內容，安東尼不好意思地移開視線，回答：

「寫完了，我們去看電影吧！」

這是之前說好的活動，菲爾自然沒有異議。

他本以爲安東尼會帶他去電影院，誰知對方完全沒有換衣出門的打算，而是領著菲爾走出房間。

菲爾跟著安東尼走進了大宅中自己從未踏足的區域。

肯恩沒有限制菲爾活動的範圍，除了房間等私人空間，格雷森大宅裡所有地方他都可以自由探索。然而昨天入住後，菲爾選擇外出尋找靈脈，至今還未好好走遍這座宏偉的古典大宅。

跟隨安東尼的腳步，菲爾來到一間放映室。

想不到格雷森大宅裡竟然連電影院都有，他在心裡感慨了一聲：貧窮限制了我的想像。

放映室的播放系統由阿當控制，二人坐下後，阿當調暗了燈光，眾多電影名稱出現在銀幕供他們選擇。

接連的大災難幾乎摧毀了人類的娛樂產業，明星、電影、歌星偶像……這些在戰爭中都變成了奢侈品。

戰爭結束後，大量影視作品遭毀，想不到這裡竟保存了不少老電影。

安東尼詢問菲爾：「想看什麼？」

菲爾隨手指向銀幕——《鬼馬小精靈》。

安東尼立刻想到因爲代號是「幽靈」，所以老是被蓋倫嘲弄爲電影中的鬼魂「卡士柏」的馮，忍著笑意點頭。

每次男主角出場、或有角色喊「卡士柏」這名字時，安東尼眼前都會浮現馮的樣子。即使是舞會中男主角以人影帥氣亮相的浪漫場景，馮的臉仍揮之不去。

這嚴重影響觀影品質！

但又莫名有種特別的樂趣呢！

第二天還有義工活動，因此兩人看完電影後沒有熬夜，早早回房休息。

然而隔天他們卻不是最早下樓吃早餐的人，當兩人梳洗完來到餐廳時，發現昨天整晚不在家的肯恩等人全都在這裡。

他們精神略顯憔悴，一副沒睡的樣子，而且顯然餓壞了。三人進食的速度很快，都快要出現殘影了。

肯恩幾人的確通宵了沒錯，昨天有「異能者至上主義」的激進分子準備發動恐怖襲擊，幸好在對方行動前，特警組及時收到消息，最終成功把危險扼殺在搖籃裡。

忙了一整天，他們餓得前胸貼後背，紛紛來到餐廳填飽肚子。明明只有三個人，卻因爲他們蒼白憔悴又飢餓，成功營造出喪屍出沒的驚悚氣氛。

值得注意的是，三人的進食儀態無可挑剔，刻進骨子裡的教養讓他們即使餓得慌，吃相也不顯狼狽。只是當對方把賞心悅目的用餐動作加速百倍、快得出現殘影時，便很令人驚恐了！

至少對初次看到家人們這一面的菲爾來說，實在很想先離開餐廳再說。

不過他還是堅強地穩住了，並獲得了在餐桌上與喪屍共進早餐的經驗。

吃飽喝足後，熬了一整夜的三人總算活過來。肯恩與馮決定休息一天，把工作都推給助理。

收到二人的訊息後，助理們：「……」

這醜陋的資本壓榨！

然而下一秒，收到特別獎金轉帳的助理們：「!!」

老闆我愛你！請盡情壓榨我吧！

社畜的快樂，就是如此樸實無華。

至於蓋倫就比較慘了，因爲最近缺課有點多，已不能再隨便請假。於是他進入咖啡續命模式，拿著咖啡「咕嚕咕嚕」地當水喝。

肯恩雖然累，但還是打起精神，趁菲爾出門前，與小兒子聊聊天。

其實他有些抱歉，接回菲爾後都沒有好好陪伴對方，無奈這兩天狀況連連，實在抽不出時間與對方培養感情。

所幸菲爾與安東尼關係似乎不錯，有安東尼帶著菲爾玩，肯恩就能放心了。

但這不代表肯恩能夠心安理得地將菲爾丟給安東尼照顧，趁現在有空，肯恩還是盡力想與新成員培養一下父子感情：「菲爾，抱歉，我們最近比較忙，等事情告一段落，我們來規劃一些家庭活動吧！」

肯恩作爲特警組首領，下達命令時的態度給人不容置疑的感覺，然而平常的他很隨和，對待孩子包容又尊重。蓋倫沒少在背後開玩笑，認爲肯恩說不定有多重人格，穿上制服便是人格切換的觸發條件。

菲爾很喜歡肯恩對待自己的態度，他能感覺對方是眞的想扮演好父親這個角色。因此即使不擅聊天，菲爾還是努力想多說一些：「沒關係，安東尼昨晚陪我看電影了，其實我自己一人也可以……」

肯恩感興趣地詢問：「哦？你們還一起看了電影？看了些什麼呢？」

菲爾回答：「鬼馬小精靈。」

蓋倫「噗」地把口中咖啡噴了出來，顧不上清理，忍不住邊咳邊大笑：「哈哈哈！咳！哈哈……誰選這部電影的？咳！也太有才了！哈哈！」

「我也想知道。」馮笑咪咪地說，和善的笑容卻令安東尼背脊發涼：「到底是誰選的電影？」

完全不知道內情的菲爾雖然略感奇怪，但還是自然地承認：「是我選的。」

馮渾身冷意收斂，正所謂不知者不罪，他總不能怪罪什麼都不知道的菲爾。

安東尼吁了口氣，剛剛他壓力眞的很大，早知道其他人會問，他就讓菲爾選別的電影看了。

結果安東尼放鬆沒多久，便聽菲爾疑惑地詢問蓋倫：「爲什麼要笑？昨天安東尼看電影時，也是突然笑出來……」

蓋倫聞言笑得更誇張了，馮看不慣他太得意，拿起桌上碟子當暗器甩出去！

蓋倫一手接住碟子，然後在菲爾茫然的目光中，二人開始打了起來。

菲爾的眼神從茫然轉變成敬佩。

這麼早就開始鍛鍊了嗎？

幸好我當初沒有答應跟他們一起運動……也太認眞了吧？

身爲一家之主的肯恩完全沒有阻止，而是若無其事地繼續與菲爾聊天：「菲爾喜歡看電影嗎？等所有家人有空時，要不要來個電影之夜？」

菲爾還未回答，一旁的馮百忙中不忘插嘴：「菲爾，下次我陪你一起看《小飛俠》。」

蓋倫聞言，頓時像被踩到尾巴的貓般炸毛了：「你別太過分！」

馮冷笑道：「到底是誰先開始的？」

隨著怒火上升，馮與蓋倫武力升級，直接拿起餐刀互砍。

「死吧！卡士柏！既然是鬼，就別留在這裡裝人了！」

「呵，這要看你有沒有本事了，彼得潘。」

見菲爾的注意力已完全被餐桌另一邊的刀光劍影吸引過去，肯恩只得放棄繼續與小兒子培養感情。現在說什麼，只怕對方都聽不進去。

肯恩嘆了口氣，站起身來。

菲爾發誓，他的視線一直停留在交戰的二人身上，從沒移開，但只見人影一閃，肯恩竟不知怎麼地突然出現在馮與蓋倫之間!?

不待菲爾驚呼出聲，肯恩已伸出雙手，一手一人地以手刀打掉馮與蓋倫拿著的餐刀！

激戰的二人瞬間被老父親繳械！

菲爾瞳孔劇震，大受震撼！

將兒子們的「凶器」打落後，肯恩淡然說道：「蓋倫，你快遲到了。」

一直在旁看好戲的安東尼這才驚覺：「糟糕！我們也快遲到了！」

說罷，安東尼立即拉著菲爾離開。

菲爾來到格雷森家的第三天，依然是被拉著出門的一天。

只是此刻的菲爾卻顧不得自己是被拉著走，他滿腦子都在重播剛剛肯恩輕輕鬆鬆阻止兒子械鬥的一幕。

原來溫和無害的肯恩，才是家裡的大魔王嗎!?

直至來到活動的集合場地，菲爾才從震驚中恢復過來。

實在是馮與蓋倫給人的「武林高手」印象太深刻，沒想到老父親一出手，便一招化解他們的招數，太令人震撼了！

難道肯恩才是家裡最能打的那個嗎？

隨即菲爾想起安東尼曾說過，他們之所以會鍛鍊武藝，是因爲身爲首富之子容易成爲綁架目標。

既然首富之子容易遭受綁架威脅，那首富的危險不就更大了嗎？

肯恩身手這麼好，說不定是因生命受到威脅才激發出人類潛能？

菲爾頓時對老父親充滿了憐愛。

在肯恩的形象變得弱小、可憐又無助之際，查理與奧利弗過來與菲爾打招呼，總算打斷了他越來越離譜的想像。

四人小隊集合後，接著去找老師報到。

這次的義工活動是探訪孤兒院，這座孤兒院雖然位在西區，但四周都是民宅，距離黑幫衝突與流鶯出沒的地區較遠，算是窮人區中相對和平的區域之一。

參與義工活動的學生早已分完組，女生組別負責相對輕鬆的工作，比如陪孩子們玩耍、分送禮物之類。男生則負責體力活，像菲爾他們這組便獲派清潔孤兒院的工作。

菲爾雖然不受母親重視，但從小生活環境富裕，這還是第一次親自動手清潔，難免有些笨手笨腳。

反倒是安東尼這位首富之子，幹起活來竟意外地俐落。他與經常幫父母做家務的查理承擔了大部分打掃工作。

菲爾與同樣不擅長做家事的奧利弗對望了一眼，頗有難兄難弟的感覺。

在四人努力下，他們負責清理的房間很快煥然一新。

四人向老師報告後便可自由活動，畢竟學校鼓勵學生當義工是爲了培養同情心與責任感，不是眞的想讓他們當勞工，不會太過壓榨他們。

孤兒院距離昨天探查的廢墟有段距離，菲爾正想著該找什麼藉口過去時，突然被包圍了！

幾個年紀較小，大約只有六、七歲的孤兒不知怎地對菲爾產生興趣，圍上來想找這位漂亮的大哥哥一起玩。

菲爾立即想拉幾個替身，結果才剛抬頭，原本在自己身邊的安東尼幾人已經迅速退開，把他可憐兮兮地留給孩子們玩弄。

菲爾不討厭小孩，但也算不上喜歡，只是想到這些孩子都是被父母遺棄，對待他們時便不由得多了幾分耐心。雖然很想跑掉，但孤兒院的孩子比較敏感，菲爾不希望他們誤以爲自己不受喜愛，只得努力當陪玩的保母。

安東尼拿出手機記錄下這可愛的一幕，並傳到家族群組，立即獲得了家人們點讚。

菲爾被孩子們弄得一個頭、兩個大，幸好安東尼在拍夠照片後，總算良心發現，上前解救了他。

只見安東尼向孩子們打招呼，他竟然能夠喊出這些孩子的名字，並熟稔且順利地轉移他們的注意力。

包圍著自己的孩子散去，菲爾一臉劫後餘生地吁了口氣。

將孩子們引走後，安東尼很快便脫身回來了。奧利弗不可思議地說道：「擅長打掃就算了，怎麼連照顧小孩子也這麼厲害？我記得你只有菲爾一個弟弟，他才剛回家族不久，你應該沒什麼應對孩子的經驗才對。」

安東尼解釋道：「因爲我經常跟蓋倫探訪孤兒院，這裡曾是我們住過的地方。」

眾人聞言，皆露出驚訝又複雜的神情。他們很意外安東尼會把這件事大剌剌地說出來，想回應些什麼，但又怕觸動對方兒時的傷心事。

見氣氛有些尷尬，安東尼笑道：「你們不用露出這種表情，我和蓋倫是孤兒這點不是祕密，當年父親收養我們時，媒體大肆報導過了。何況我那時太小，對孤兒院已經沒什麼記憶。反倒是蓋倫，他在孤兒院受了不少苦，全靠他帶著我逃出來。」

查理驚訝地詢問：「受了不少苦是什麼意思？孤兒院的員工會打小孩嗎？」

安東尼嘆了口氣：「更糟糕，當年的院長幹起人口買賣的勾當。窮人區裡人命不值錢，無依無靠的孤兒更是消失了都沒人在意。那時我差點被院長賣掉，幸好蓋倫與柏莎帶著我成功逃出去，還揭發了孤兒院的惡行，救了不少孩子。」

說罷，安東尼又道：「後來我們被父親收養，雖然那些壞人都被抓了，孤兒院的制度也在父親的介入下改善，但蓋倫仍然不放心，有空便會到孤兒院當義工，順便確認孩子們的生活是否安好。我知道後便跟他一起去，不知不覺已經持續幾年了。」

菲爾不由得對蓋倫有些改觀，他一直覺得在所有家人之中，蓋倫最不好相處。他的脾氣不好，說話也很衝。

但在安東尼簡單的描述中，菲爾勾勒出蓋倫的另一面：勇敢、堅毅且善良。

在自身安危受到威脅時，他也不忘帶著被盯上的安東尼一起逃跑。即使事後被肯恩收養，變成上流社會的孩子，依舊沒有忘記那些社會底層的孤兒，持續親自探訪孤兒院，實在非常了不起。

不過……

「柏莎是誰？」菲爾詢問。

安東尼道：「柏莎是蓋倫的妹妹，他們是雙胞胎喔！長得可像了！」

菲爾完全想不到竟然是這種答案，蓋倫是他的哥哥，哥哥的親妹妹……四捨五入不就是他的姊姊了嗎⁉

查理與奧利弗也很震驚，奧利弗驚訝道：「我完全不知道肯恩有收養女孩子！」

他們兩家人有生意往來，再加上奧利弗與安東尼是好友，竟然從未聽說過他有一個叫柏莎的姊姊。

安東尼解釋：「父親沒有收養柏莎，畢竟柏莎是女孩子……」

心直口快的查理很自然地接話：「而大家都知道肯恩先生只喜歡小男孩。」

菲爾：「……」

安東尼：「……」

奧利弗：「……」

就怕空氣突然沉默。

查理立刻反應過來，自己竟然把心裡所想脫口而出了！

這妥妥的社死！

只見這老實孩子臉燒得通紅，恨不得找個洞鑽進去。

安東尼哭笑不得地說道：「你怎麼也相信那些八卦雜誌的報導呀？」

查理連連道歉：「對不起！因爲看報導老是這麼寫，不小心就說出口了。我當然知道肯恩先生不是變態，他每個月都換女友呢，怎麼看都不像戀童癖……」

安東尼打斷查理的道歉，以免他越描越黑：「父親之所以沒有收養柏莎，是因爲他一個單身男子收養小女生實在不妥，也怕照顧不好她。柏莎是由父親的好友奧爾瑟亞收養，不過我們從小認識，說她是我姊姊也不爲過。」

說罷，安東尼又幽幽地補充：「結果父親爲了避嫌只收養我與蓋倫，還是被人說成了他是喜歡小男孩的變態。」

07
鬼屋探險

弄得這麼尷尬，查理不好意思再待下去，便找了個藉口去幫忙分送物資。

三人還以爲臉皮薄的查理不會再回來了，誰知離開沒多久，又一臉高興地跑回來找他們。

正確來說，查理是回來找菲爾的。

他顯然已顧不得之前的尷尬，興高采烈地邀請菲爾：「菲爾，你要跟我們一起去探險嗎？聽說這裡有間很出名的鬼屋，我們打算過去看看。」

菲爾覺得很奇怪，他跟查理又不熟，對方要找人作陪，不是應該找安東尼或奧利弗嗎？

安東尼顯然也有相同想法，問：「怎麼不找我跟奧利弗？」

奧利弗的注意點則在另一處：「查理，我沒記錯的話，你怕鬼對吧？」

查理道：「我是怕鬼沒錯，所以我不是找菲爾陪我一起去嗎？」

說罷，查理向菲爾雙手合十地懇求：「拜託了，菲爾，你陪我去吧！」

菲爾嘀咕：「害怕的話……不要去不就好了嗎？」

查理害羞扭捏地小聲說道：「因爲、因爲……瑪麗安說想去嘛！其他女生不願意去，正巧我過去幫忙分送物資，瑪麗安就邀請我了。」

三人恍然大悟。

查理一直很喜歡同班的瑪麗安，既然這次是她提出要去鬼屋探險，查理自然不想錯過難得的機會。但他怕鬼，才想多拉一個人照應。

至於爲什麼不選關係更好的安東尼與奧利弗，反倒找不太熟悉的菲爾同行，主要是因爲前兩人平常在學校很受歡迎，相反地，菲爾因爲剛轉學過來又陰沉寡言，在女生中評價一般。

查理暗戀著瑪麗安，自然想抱得美人歸，不願帶競爭力太高的兩位好友一起去。萬一瑪麗安喜歡上他們，查理根本沒地方哭。

想通了這點，三人頓時哭笑不得。

「拜託！菲爾，我的幸福全靠你了！那間鬼屋不算很遠，往這個方向走二十分鐘左右就到了……」查理繼續懇求。

這倒是巧了，瑪麗安要去的鬼屋，正好在菲爾昨晚發現的特殊區域附近。他正想著該編什麼藉口過去一趟呢，現成的機會便來了。

於是菲爾便應允下來：「好吧……」

「嗚……謝謝！菲爾，你以後就是我的好兄弟！」查理以爲自己還有得磨，想不到菲爾這麼快就答應，瞬間覺得安東尼這個弟弟人眞好，能相處！

事關好友的幸福，安東尼與奧利弗負責在菲爾他們溜出去時打掩護，祈求鬼屋探險能順利進行。

在二人幫忙下，菲爾他們成功在沒有驚動任何人的情況下離開孤兒院。

瑪麗安是位漂亮、熱情又自信的金髮女生，她很喜歡各種靈異故事，先前便關注到這間充滿各種恐怖傳聞的西區鬼屋。

鬼屋座落於西區廢墟附近，雖然這間大宅因戰火倒塌了一半，可在窮人區，仍有不少付不出租金的人願意搬進這種空房。

然而那些搬到鬼屋的人住不到兩天全都人間蒸發。失蹤了好些住客後，即使是再窮、再大膽的人也不敢搬進去了，就連毒犯想找空屋吸毒，碰上這幢凶名赫赫的鬼屋也會繞道走。

瑪麗安深受西區鬼屋傳說的吸引，早就想一探究竟，只是窮人區治安不好，她不敢冒險獨自前往。

這次隨學校進入西區，對瑪麗安來說簡直是天意。鬼屋距離孤兒院並不遠，她覺得不去都對不起自己了！

沿路瑪麗安興奮地對兩名同行的小夥伴科普鬼屋的各種恐怖傳說，怕鬼的查理嚇得臉色煞白，但又很享受與女神相處，可謂痛苦與快樂並存。

一旁的菲爾默不作聲，他本就低調，現在更是特意降低自己的存在感，好為二人製造機會。

此時三人已進入元素紊亂的區域，菲爾記得他們目前走著的小巷，昨晚有流鶯出沒。晚上站滿流鶯的熱鬧小巷現在卻一片寂靜，只剩幾個流浪漢睡在路邊。

他們往廢墟範圍走去，四周房屋逐漸變得破爛，遠遠就能看到的那棟半倒塌大宅，正是他們此行的目的——西區鬼屋。

菲爾發現越是接近鬼屋，元素越顯混亂，就連沒有魔力的查理與瑪麗安也察覺到異樣，覺得周遭陰風陣陣，更是應景。

終於，他們走到鬼屋前。

那是一座大門緊閉的紅磚大宅，三人從倒塌的那一面進入，滿是瓦礫與雜草的地面上，依稀還能看見已經分辨不出原本顏色的地毯殘骸。

客廳有不知是哪任屋主留下來的些許破舊家具，明明倒塌了一面牆，天花板也破了個洞，陽光卻似乎難以照射進去。在這陰森的室內，彷彿隨時會有鬼魂從陰暗處撲出。

查理有些退縮了，只是他不想在心儀的美女面前表現得太過膽小，用商量的語氣詢問：「瑪麗安，我們還要往裡面走嗎？這裡太暗了，好像有點……不安全？」

其實瑪麗安心裡也有些害怕，但喜愛探險的人往往有種作死的心理，鬼屋越是不對勁，就越是要往裡面走。畢竟來鬼屋探險就是想遇鬼，要是什麼都碰不到，豈不是白走一趟？

於是瑪麗安壯著膽子道：「沒關係，現在還是白天，鬼都怕陽光的。」

查理眞的好想猛搖瑪麗安，讓她醒一醒。自從走進這間鬼屋後，陽光不就詭異地消失了嗎？

但女神都這麼說了，查理只得硬著頭皮繼續往屋裡走。

二人沒有察覺到，一道道黑色人影在鬼屋裡飄蕩，並漸漸往他們身邊聚集。

普通人看不到這些鬼魂，菲爾卻看到了。這些鬼影黑得如同濃墨，顯然死亡時怨氣極重，而且這些鬼影的數量……未免也太多了！

瑪麗安分享的鬼故事顯然只是冰山一角，在鬼屋喪命的人數絕對比她以爲的要多得多。

怨靈的確會殺人，但總要有個過程。它們通常會製造出靈異騷動讓人擔驚受怕，削弱受害者的精神後，怨靈便能吸食對方的生命來壯大自己。因此鬧鬼事件很少直接出人命，一般遇上惡靈的結果都是大病一場，又或精神失常一段時間。

若鬼屋的故事是眞的，每個進入鬼屋的人都會失蹤、無一倖免，不免令人存疑，因爲單憑惡靈的能力是不可能做到的。

要是惡靈的力量眞的這麼強大，它們早就殺光活人、稱霸世界了。

查理與瑪麗安渾然不知地繼續往內走，跟在他們身後的菲爾嘆了口氣，從口袋裡抽出寶石鑰匙圈，並從那串寶石中拆出一枚黑瑪瑙握在掌心。

黑色的寶石普遍都有辟邪功效，黑瑪瑙自然不例外。

其實相較於黑瑪瑙，一些黑色寶石如黑碧璽，針對邪靈的殺傷力更大。菲爾之所以選擇隨身帶著黑瑪瑙，主要是它實用性更爲廣泛。在魔力有限的情況下，菲爾更偏好攜帶具有多功能效果的寶石。

黑瑪瑙不只能對付邪靈，還能破除詛咒，如果魔力充裕，黑瑪瑙的力量甚至還能反彈詛咒。

菲爾之所以拿出黑瑪瑙，正因爲他懷疑有這麼多亡者是遭人爲殺害。亡靈怨氣的濃度顯示它們死時受到很大的折磨，恨意極深，這才久久不消散。一般的幫派械鬥、大型天災可達不到這種程度。

因此菲爾懷疑，這些人也許是死於邪惡巫師的詛咒。

就像異能者中有不少恐怖分子自認高人一等，魔法界也有不將普通人的性命當回事的法師。

菲爾現在久治不癒的傷勢，正是因爲巫師詛咒所致。因此看到這麼大量的怨靈，隨即聯想到黑魔法。

畢竟誰會沒事在同個地方殘殺大量平民，弄出數量龐大的死靈？

眼看四周的怨靈開始吸取他們三人的生氣，菲爾立即啓動手中的黑瑪瑙！

握在掌心中的寶石激起一陣看不見的波紋，聚集在四周的亡靈就像被衝擊波擊中般往外四散，瞬間以三人爲中心清出一個圓形的安全區域。

「那些是什麼!?」查理失聲驚呼。

瑪麗安也被突然出現的怨靈嚇得不輕：「這些黑影什麼時候出現的？竟然有這麼多！」

菲爾訝異地挑了挑眉，他還是第一次在與普通人同行時使用黑瑪瑙的力量，這才知道原來魔力的衝擊會讓怨靈現形。

不過現形也好，菲爾原本還苦惱著該怎樣說服兩人離開。現在看到一屋子的鬼魂，他們總不會還不願意走吧？

於是菲爾裝作也是現在才看到這些鬼魂，大喊一聲「快跑！」便帶頭往外逃。

人在害怕時往往無法理性思考，見菲爾帶頭跑了，查理與瑪麗安想也沒想便跟著一起往外跑。

這些鬼魂因怨氣太重，已經成爲失去理智、無意識吸取生命的怪物。雖然被黑瑪瑙的辟邪力量擊飛，卻又再次圍上來，想阻止獵物逃跑。

眼看跑在最後的瑪麗安快被怨靈圍堵，菲爾正要發動寶石的力量時，怕鬼的查理竟不顧危險，回頭拉了瑪麗安一把！

原本查理可以跑出去的，因爲這一回頭，兩人都要被怨靈困住了！

幸好菲爾及時使用寶石，熟悉的衝擊波以三人爲中心往外擴散，再次彈飛圍上的怨靈！

查理連忙拉著瑪麗安跑，當三人終於離開鬼屋範圍，那些怨靈便沒有再追上來。菲爾若有所思地看了屋裡徘徊的黑影一眼……是地縛靈嗎？

完全不敢回頭的查理與瑪麗安沒有注意到怨靈已經不再緊追，直至完全跑不動了，才氣喘吁吁地停下來。

結果二人發現，原本一直低調跟在身後的菲爾，不知何時竟然不見了！

查理瞬間崩潰。

啊啊啊！我把安東尼的弟弟弄丟了！

查理與瑪麗安一個是將菲爾帶來的人，一個是主張要去鬼屋探險的罪魁禍首，此時發現菲爾不見後，都快被內疚感淹沒了。

知道回去只是送人頭，救不了人還會把自己的命搭上去，因此二人等了一會，想著要回孤兒院搬救兵。

幸好在他們回去驚動其他人以前，菲爾終於出現在二人視野中。實在不能怪他跑得慢，畢竟離開鬼屋後，菲爾已經確定暫時沒有危險，自然不再拚命奔跑。

看到菲爾出現，查理頓時喜極而泣：「嗚嗚，幸好你沒事……不然我都不知道該怎樣向安東尼交代了！」

瑪麗安在大悲大喜之下，更是直接癱坐在地，喃喃自言道：「我腿軟……走不動了……嗚嗚嗚……」

說罷，她也哭了起來。

看著哭得一個比一個慘的二人，老實說，菲爾完全同情不起來。

明明是毫無特殊能力的普通人，他們憑什麼自以爲招惹鬼魂可以全身而退？

即使這次幸運脫逃，繼續作死下去總有一天也會出事。

這回因爲有他在，二人雖然受到驚嚇倒也安然無恙，運氣已經很好，希望他們引以為戒，以後別再做這種事情。

菲爾冷靜地站在一旁，旁邊是兩名嚎啕大哭的同學。一邊歲月靜好，一邊鬼哭神號，場面如此詭異。

查理與瑪麗安宣洩完情緒後，漸漸止住了哭聲。回想逃跑時的狼狽模樣，兩人都感到有些尷尬。

瑪麗安看著查理哭腫了的雙眼，心想自己大概也哭得這麼醜吧？不過劫後餘生的她現在也顧不得形象了，只想快些回到同學們與老師的身邊。

抹了一把眼淚，瑪麗安道：「我們回去吧！」

三人悄悄溜回孤兒院，雖然偷溜的事沒有引起老師的注意，但查理與瑪麗安曾大哭一場的模樣太過明顯，實在有些引人注目。

瑪麗安的朋友們充滿敵意地瞪向查理，二人都哭，真的太可疑了！

至於隨行的菲爾？低調的他努力降低存在感，完美地被這些女生忽略。

查理將自己的帽子借給瑪麗安，帽沿壓低後勉強能遮住臉。瑪麗安接過帽子，輕聲說道：「謝謝……還有在鬼屋逃跑時，謝謝你回來拉我一把。」

說完，瑪麗安戴上帽子，笑著向查理揮揮手，朝不遠處一臉擔憂地等她的朋友們走去。

女生們離開後，奧利弗調笑道：「雖然不知道你們爲什麼弄成這個樣子，可是查理你幹得不錯嘛！我看瑪麗安和你親近多了，說不定很快就抱得美人歸。」

查理有些害羞地搔了搔臉，他也覺得瑪麗安對自己的態度不同了，換成以前，兩人不熟，她可不會接受自己的帽子。

安東尼抱著雙臂，一臉嚴肅地詢問：「你們怎麼弄得這麼狼狽？」

即使回到孤兒院時，查理幾人已收拾好心情，裝得若無其事，但怎麼可能瞞得了安東尼？

身爲異能特警的預備役，雖然他還未到前線出過任務，可對危機的觀察力仍然強過普通人，他敏銳地察覺到查理與瑪麗安止不住的後怕心情。

反倒菲爾顯得很淡然，也許是因爲他的情緒本就不外露，看起來就像很平常地外出、很平常地回來而已，安東尼完全無法從他身上看出絲毫異狀。要是只有菲爾一人，還眞的能把安東尼瞞過去。

然而查理與瑪麗安劫後餘生的驚恐太過明顯，安東尼認爲自己必須弄清楚發生了什麼事。

查理沒有瞞著好友，之前不說是不希望他們擔心，但既然安東尼都看出來了，他便把不久前的鬼屋驚魂一五一十地告訴對方。

再次回憶被怨靈追殺的恐怖經歷，查理依舊感到害怕，他語帶顫抖地說道：「雖然瑪麗安說過一些鬼屋的恐怖傳聞，但我完全想不到這麼恐怖。早知道這樣，我一定會阻止她，也不會帶菲爾一起去。」

安東尼與奧利弗聞言也後怕萬分，他們想不到小夥伴只是想追求同班女生，竟然差點把命丟了！

奧利弗感慨：「難怪瑪麗安對你的態度變得這麼好，你在危難關頭也沒有放棄她，男友力max啊！女生都喜歡有擔當的男人，很難不心動吧？」

相較於揶揄查理戀情的奧利弗，安東尼更關注他口中的鬼魂：「你確定真的是遇鬼嗎？說不定你們是碰到歹徒了，心靈異能者就做得到這種事。」

像特警組中代號「魔女」的同伴，便是一名強大的心靈能力者。她擅長製造幻境，完全能夠做出查理遇到的恐怖場景。

被異能者暗害，顯然比真的遇到鬼魂更容易讓人接受，即使是親眼見到鬼的查理，聽完後也傾向相信安東尼的說法。

這也是魔法界這麼多年都不被人發現的緣故，人們總會受固有思維影響，即使真的遇上不可思議的事情，也會下意識地不願意相信。

菲爾默默聽他們討論，他當然知道這不是什麼精神異能者的傑作，但他也不會否定眾人的猜測，甚至樂觀其成。

不過見安東尼似乎很在意鬼屋的事，菲爾心裡有些緊張，就怕認定這件事是異能者作惡的安東尼會叫查理報警，那事情就變得複雜了。

結果還真如菲爾所料，極具正義感的安東尼建議查理報警，只是查理不希望多生事端而拒絕了。

雖然這事最後沒有鬧大，菲爾還是敲響了內心的警鐘，拉高了再次一探鬼屋的迫切性。再拖下去，說不定會出現新的犧牲者。

要是有人報警會更糟，鬼屋的情況怎麼看都不正常。無論是讓外界察覺到魔法界的蛛絲馬跡，還是前去調查者被埋葬在鬼屋裡，都不是菲爾想看見的局面。

08

奇怪的傢伙

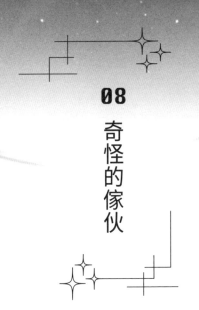

事實證明，菲爾充滿迫切性的警覺很有必要，因爲晚上肯恩他們在處理特警組的工作時，安東尼便把鬼屋一事告知對方。

「我懷疑那裡有心靈系的異能者在作惡，必須重視這件事，不然也許還會有其他受害者出現！」繪聲繪影地說完查理他們的探險過程後，安東尼總結。

然而馮卻覺得安東尼大驚小怪，「會不會是誤會？我不是說你同學騙人，只是他們到鬼屋探險，很可能因爲太害怕而疑心生暗鬼。」

蓋倫也是相同想法，他說話更不客氣：「有些人在害怕之下看到風吹動樹影，也會以爲是鬼在動呢！何況人們說話總會不自覺地偏向自身利益，他們嚇得哭著逃回去，說不定是故意把事情說得特別恐怖，才不會顯得屁滾尿流地逃跑太過窩囊。」

安東尼申辯：「他們有三個人呢，如果說是因爲太害怕而產生錯覺，總不會每個人都看錯吧？而且菲爾也有去，他可是一點兒也不害怕。」

一旁的肯恩放下手中報告，略帶訝異地詢問：「菲爾也在？那孩子不像是會對探險有興趣的樣子。」

驚訝之餘肯恩又有些安慰，他還擔心菲爾個性太過沉靜會交不到朋友，但他剛到學校不久，已經能夠與同學一起去探險了呢！

雖然這種鬼屋半日遊的活動有點奇怪……但誰沒有年少輕狂的時候？

菲爾逛鬼屋還完全不害怕，這不代表他很勇敢嗎？

我的兒子眞棒！

今天肯恩對兒子的濾鏡，依然開得很大。

安東尼解釋道：「菲爾對鬼屋的確沒有興趣，他是陪我的好友查理一起去的。」

肯恩又問：「菲爾也看到那些鬼魂了？」

安東尼愣了愣，道：「呃……他倒是沒說，不過查理與瑪麗安描述他們的經歷時，菲爾在旁邊沒有反駁，應該也是看見了吧？」

說到這裡，安東尼忍不住懊惱起來，後悔自己沒有多關心菲爾。

當時查理他們急匆匆地跑回來，一副嚇得不輕的模樣，一下子便吸引了安東尼的注意。加上菲爾總是安安靜靜地待在他們身邊，低調的態度難免令安東尼有時會忽略他。

蓋倫「嗤」的一聲笑道：「那小子平時陰陰沉沉的都不說話，也許他根本就什麼都沒看見，只是懶得反駁你的朋友。」

安東尼道：「總之，我覺得那間鬼屋眞的有問題，要是你們沒空，那我就自己過去看看……」

他的話還未說完，已被肯恩打斷：「安東尼，別私自行動。」

安東尼有點生氣了：「爲什麼總是不信任我？我不小了，維德十歲時就可以在前線戰鬥，我現在已經十六歲了，怎麼就不可以？」

聽到安東尼提及那個代表著格雷森家最深創傷的禁忌之名，馮心裡暗呼不好，正要出言制止口不擇言的安東尼，便聽肯恩輕聲說道：「所以他死了，而你還活著。」

室內頓時陷入一片沉寂，過了許久，自覺說錯話的安東尼期期艾艾地說道：

「抱歉……我、我……」

「好啦，你別急，我們會注意那裡的，西區的鬼屋對吧。」蓋倫上前拍了拍歉疚得幾乎快哭出來的安東尼，道：「多大點的事，看你急的。」

此時，因爲安東尼的話而讓阿當翻查西區監視錄影畫面的馮，竟還眞的有了不得了的發現。

「你們看看這段影像。」馮說道，並將影像投放到大螢幕。

聽出馮語氣不對，眾人紛紛往螢幕看去，幾乎不敢相信他們到底看到了什麼奇怪的東西……

「那是什麼？」安東尼揉了揉眼睛問道。

肯恩也有點愣：「一個面目模糊的……騎著掃把在飛的人？」

蓋倫下意識地反嗆：「你怎麼知道是騎著飛天掃把，而不是一個會飛的、大腿夾著掃把的變態？」

聽聞蓋倫的話，其他人腦海中不約而同地浮現一名會飛的異能者，故意用大腿夾著掃把、發動異能飛上天的場面。

眾人大受震撼！

安東尼感慨：「那他的大腿肌肉應該挺壯，不然要夾掃把夾這麼久，還要凌空維持坐在上面的姿勢，眞是辛苦了！」

蓋倫吐槽：「這是重點嗎？這人超變態的好嗎？」

馮摸摸下巴：「小飛俠，你的異能應該也做得到。」

安東尼雙目一亮，老實說，有點想看。

蓋倫頓時炸毛：「誰會這麼幹！我又不是變態！」

馮總是熱衷於刺激蓋倫，總覺得他一點就炸的樣子很有趣：「誰知道呢？我以爲你平常也喜歡夾著掃把飛，不然爲什麼這麼了解？」

眼看二人一言不合又要吵起來，安東尼連忙把話題拉回影像上：「這人的行爲雖然奇特了點，但這只是個人喜好。西區沒有禁飛令，他在上空飛行並沒有犯罪，我們就別盯著他不放了。」

安東尼說的有道理，雖然這人很古怪，但沒偷沒搶沒殺人，他們身為執法者即使心裡再好奇，也不該利用職務之便調查對方。

馮認同安東尼的說法，正要撤掉影像，卻聽到肯恩說：「阿當，確認影像中的飛行物。」

接收到肯恩的命令，阿當帶有電子感的嗓音響起：「經過計算，飛行物為影像中的掃把，或形似掃把的物件。」

同時阿當還體貼地在影像上用紅圈圈起「掃把」、「形似掃把的物件」，並將各種計算當時風速、重力等的公式列在螢幕上。

阿當繼續分析道：「飛行物不具任何噴射與懸浮裝置，製作材料並非已知能依附異能的材料，外形亦沒有經過任何偽裝。這只是普通掃把，不是現今所知的科技產物。」

「所以這人真的騎著飛天掃把？不是他本人用異能在飛，而是用一支普通人用來掃地的掃把在飛？」蓋倫幾乎是破音喊出這番話的。

「從數據看來，是的。」肯恩冷靜說道。

馮思考片刻後，猜測道：「說不定影像中的人是會意念移物的異能者，他用異能將掃把凌空升起，再自己坐上去……」

肯恩卻不太認同：「意念移物非常消耗異能者的精神力，通常都是移動一些輕巧的小東西而已。升起物件來運載自身……不太可能。」

肯恩之所以如此篤定，是因爲他早逝的二兒子維德正是一名擅長意念移物的異能者。

「等等。」安東尼指出：「他臉上一片模糊……是戴著電子面具嗎？」

阿當答：「沒有掃描出目標臉部有佩戴物件，也探測不到任何電子干擾。」

蓋倫立即反應過來：「這人是用異能來遮臉嗎？那他又是怎麼讓掃把飛天的？」

馮沉默半晌，道出一個可能性：「雙系異能？」

蓋倫反駁：「不可能！要是一個人能夠使出兩種異能，那他的基因到底異變到什麼程度了？怎麼可能活得下來！」

馮道：「我覺得沒什麼不可能的，在大災難以前，也沒有人預料到人類會因爲外太空輻射而基因突變，從而獲得異能吧？」

安東尼道：「會不會是人體實驗下的產物？」

自從異能者出現後，一些科學家希望能找出讓普通人獲得異能的方法，抓了不少異能者進行殘忍的人體實驗。

不只普通人，一些能力強大的異能者爲了研究異能的發展，往往會利用社會底層的異能者來實驗，以驗證他們的各種假設。在殘害同類方面，人類向來是各種生物之中的佼佼者。

雖然新政權成立後，國家已全面禁止殘忍的人體實驗。但出於對異能者的嫉妒與覬覦，這些實驗依然屢禁不止，特警組更不時接到相關情報，救出來的倖存者狀況都慘不忍睹。

說不定那些瘋狂科學家做了這麼多實驗，還眞的被他們研究出特殊的雙系異能者？

想到這個可能性，他們已不能把這名騎著掃把的奇怪傢伙視爲單純路過的怪人忽略過去。畢竟這人的出現，也許代表著某個不爲人知勢力所做的實驗結果。

肯恩嚴肅道：「查一下這人的行動軌跡。」

可惜他們失望了，只聽阿當說道：「監視器只錄到對方從天空搖搖晃晃地迫降的一小段畫面，西區缺乏監控，很快便失去目標的蹤影。」

馮聞言皺起了眉：「西區缺少監視器沒錯，可是他降落之前呢？」

阿當報告：「沒有任何相關記錄。」

這是不可能的事情，現代到處都是監視器，騎著掃把飛天這麼顯眼的畫面，怎會沒有任何鏡頭捕捉到？

安東尼驚訝地瞪大雙目：「所以這個人不僅能讓物件飄浮、弄出一團不明東西遮掩容貌，還可以隱形？」

蓋倫摸了摸下巴：「既然他可以隱形，又爲什麼會突然出現在影像中？」

肯恩將錄像從頭到尾再看一次，那個面目模糊的人是突然出現在什麼都沒有的天空，監控把他拍進去時，正好是飛天掃把似乎出了問題、急須降落的瞬間。

肯恩做出兩種猜測：「我有兩個想法，第一，掃把並不普通，而是一種阿當也無法分析的新科技，影像中的各種能力都來自它。只是掃把不知爲何出了問題，所以監視器便錄下了那人幾乎要從掃把掉下去的一幕。」

說罷，肯恩又說出另一個想法：「第二，這些力量都來自騎掃把的人，那人也許是個雙系、甚至多系異能者。」

前者代表特殊的新技術，後者代表出現史無前例的雙系異能者。

無論是哪種可能，都足以讓他們重視了。

正好這兩天經過他們大力打壓，不法分子安分不少，趁著有空，肯恩便派馮與蓋倫到西區看看。

安東尼頓時悶悶不樂，他也好想跟去啊！

明明是他提出西區有問題，他們才能發現那個奇怪的人，但現在派人過去巡查卻故意忽略他……

雖然想申訴，可是想到剛剛自己口不擇言的一番話絕對傷到了肯恩，歉疚之下，安東尼把已到嘴邊的訴求吞回肚子裡。

肯恩自然注意到安東尼的欲言又止，他將視線投放到另一宗案件的資料上，邊道：「安東尼也一起去吧。」

反正只是去偵查，應該不會有什麼危險。

有馮與蓋倫在，他想去就讓他去吧！

聽到肯恩的話，原本以爲自己又要留下來的安東尼喜出望外，歡呼了聲便興奮地追上兄長們。

要是他有尾巴，一定已經搖得像螺旋槳一樣了。

菲爾並不知道自己被特警組盯上，此時他已從大宅溜了出去，騎著魔法掃把往鬼屋飛去。

這一次菲爾學乖了，他尚未到達元素異常區便降落，拿著掃把步行過去。

晚上的西區比白天更加熱鬧，菲爾還誤入了一場幫派械鬥。

不遠處的一座工廠突然「砰」的一聲竄出大火，隨即出現眾多路人在街道奔跑逃亡。菲爾走避不及被人撞倒了，就連手中掃把也被撞得掉在地上。

一開始，菲爾還以爲是爆炸事故，立即向事發地點趕去，想看看有沒有什麼可以幫忙的地方，卻被一名逃往安全地區的好心人拉住：「你過去送死嗎？幫派械鬥，快跑！」

說罷，那人不再理會菲爾，立時逃得不見蹤影。

菲爾無意介入幫派鬥爭，正要撿起掃把離開，卻發現已經太遲。

呼叫聲與槍響迅速接近，比幫派成員更快到來的，是從暗處飛出的流彈！

子彈無眼，幫派的人更不在乎會不會殃及無辜，在西區這種龍蛇混雜的混亂之地，人們早就練出稍有風吹草動便先找掩體的本能反應。

只有菲爾這個外來者，聽到爆炸聲還傻乎乎地以為是工廠發生意外想去救人，得知是幫派對戰後又跑得不夠快。

子彈橫飛中，菲爾根本無法躲開，不過他也不打算躲。鑽石胸針發出一陣光芒，菲爾頓時被一層透明、在光線折射下綻放火光的保護盾包裹在裡面。

幾枚流彈擊中了魔法護盾，完全無法在上面留下任何痕跡。

護盾的力量源自鑽石，作為硬度最高的寶石，它的希臘文名字「Adamas」意指「堅不可摧」，可謂相當霸氣了。

正因為菲爾不閃不避，邊打邊退到這裡的幫派分子一眼就注意到他。看到一個面目模糊的斗篷人信步於槍林彈雨中，他們全都被震驚到。還有人誤以為菲爾是敵人，下意識向他開槍。

當然，幾枚子彈還未接觸到菲爾，便被護盾擋住。

菲爾往向自己開槍的人看去，面對菲爾的目光，那人僵住了，就怕眼前面目不清的怪人上前取他性命。

幸好菲爾不打算在對方身上浪費時間，只看了他一眼後便轉身要直接離開。

「那人是誰？」

「是異能者？」

「見鬼的！什麼時候西區多了這麼一號人物？」

西區是窮人區，不是說沒有異能者，只是異能者數量稀少，異能適合參與戰鬥的就更少了。能力不錯的異能者都是幫派高層，他們坐鎮總部，不輕易參與這種街頭械鬥。

這種程度的衝突一般不會有異能者加入，何況這人服裝怪異，怎樣看都不像任何一方人馬。

無論菲爾是不是異能者，他顯然是戰場中的變數。兩派人馬不約而同地避開他，不想平白招惹這麼一個麻煩人物。

之前因為菲爾那一眼而嚇呆的傢伙，回過神來後氣得面容扭曲。

這人是其中一個幫派的小頭目，在幫派中也算略有名氣，這次被蒙面怪人嚇到的窩囊樣子，都不知道被多少小弟看在眼裡。

如果任由這怪人離開，他往後在幫派還有威信嗎？

怪人看起來刀槍不入，被槍擊中都沒反應，他的異能就只是防禦而已吧？

想到這裡，小頭目便在所有人都有意避開菲爾的時候，反其道而行地追了上去，對著他連開數槍！

他的如意算盤打得劈啪作響，想著即使射不穿防禦也不要緊，只要擺出追擊的姿態，挽回一些顏面就好。

可惜他完全錯估形勢，菲爾並不是他所想像的只有防禦能力的異能者，也不是任人拿捏的軟柿子！

菲爾的脾氣一直很不錯，也不喜歡多管閒事，因此面對小頭目一開始下意識的反擊，沒有抓著這點不放，而是選擇轉身離開。

然而這並不代表他被人追著攻擊，依然會打不還手。

菲爾打了個響指，戴在手上的寶石戒指發出一陣光亮，附在寶石上的魔法隨之啓動。

漆黑的夜空閃過一道耀眼閃電，直直劈向槍口依然瞄準菲爾的小頭目！

這些人毫不猶豫地在大街上槍戰，又兩次對他這個路人出手，由此可以看出他們都是些不顧弱者生死的混蛋。既然如此，菲爾這一擊也沒有留情。

刺眼電光散去後，小頭目已冒煙倒在地上，不知生死了。

黑幫的人全都驚懼地看向菲爾，不僅無人敢爲小頭目出頭，他們甚至連過去查看都不敢。

全都是一群欺善怕惡的傢伙。

不想在這些人身上浪費時間，見他們不敢再追上來，菲爾撿起地上的掃把舉步離開。這次再也沒有人敢阻撓，他非常順利地離開了這個是非之地。

確定菲爾只是路過，沒有再對他們出手的意思，黑幫的人總算鬆了口氣。

很快地，他們繼續打了起來，街道上血流成河，留下眾多屍體。

前往西區調查的馮等人也注意到工廠爆炸，他們與菲爾一樣，一開始都以爲是工廠發生了意外事故。

雖然處理意外事故不是異能特警的工作，可他們又怎能無視眼前的災難？三人毫不猶豫便往工廠方向趕去。

然而他們很快察覺到，這不是意外事故。

「幫派械鬥嗎？」檢視工廠四周的環境，馮立即得出結論。

蓋倫聳了聳肩，道：「不意外，畢竟是『窮人區』嘛！」

說到「窮人區」三字時，蓋倫語氣中有滿滿的諷刺。他就是從這個鬼地方爬出來的人，不同於年紀還小的安東尼，西區的生活在蓋倫身上留下了永不磨滅的烙印。

無論蓋倫喜不喜歡，這裡是他出生、成長的環境，是塑造他人格的地方。即使他後來幸運地被肯恩收養，從一個貧民區最低賤的孤兒，變成了首富家的小少爺，蓋倫依然難以擺脫西區的陰影。

即使蓋倫戒除了用拳頭說話的暴力行爲，也改掉了滿嘴髒話的惡習，但「西區爬出來的窮小子」的身分，在小時候沒少讓他受到欺負與排擠。

他比任何人都痛恨這地方，卻又比任何人都希望這裡變得更好。每次在西區看到路邊肆無忌憚吸毒的癮君子、明顯未成年的流鶯、爲了活下去當扒手的小孩子……蓋倫的心情都很複雜，既憐憫他們活得這麼痛苦，又痛恨他們把這地方往泥沼裡推。

呼了口氣，像是要把心裡的鬱悶都吐出來似地，蓋倫詢問安東尼：「你還要跟上來嗎？或是先回家？」

爆炸現場有如地獄，處處都能瞧見燒焦的人類殘骸，以及械鬥時中槍身亡的屍體。

安東尼很少到前線，看到屍體的機會本就不多，爆炸後的現場又特別淒慘，令他嚴重生理不適。

安東尼滿臉蒼白，到工廠後便一直不發一語，蓋倫眞怕他開口說話時會忍不住吐出來。

然而安東尼卻倔強地回答：「不。」

馮與蓋倫對望了一眼，從彼此眼中看到了「拿弟弟沒辦法」的無奈。

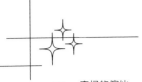

09

法師除靈中

既然安東尼堅持隨行，馮與蓋倫便尊重他的決定。只是他也要爲自己的決定負責，接下來的行動他們不會特別遷就。

三人簡單商議過後，都認爲既然暫時沒有「掃把怪人」的消息，又正好撞上這次幫派械鬥，便過去看看吧。

於是他們沿著幫派械鬥的痕跡追去，可惜來得有點遲，一路上留下來的只有血跡、彈殼與屍體。

顯然這場械鬥已經結束，活下來的人都撤離了，只留下一地狼藉。

「看看還有沒有活口吧。」馮嘆了口氣，說道。

雖然知道機會渺茫，而且這些倒下時還握著槍的幫派分子都不是好人，不過他們還是在滿地屍體中尋找倖存者。

「疫醫！這人還活著！」蓋倫驚呼，他眼前的傷患有別於其他死於槍戰的人，這人黑得幾乎變成焦炭，看到他的第一眼，蓋倫還以爲自己回到了爆炸的工廠裡。

他心裡忍不住嘀咕，這人難道是從工廠一路跑到這裡才倒下？看他沒有八分也有七分熟，生命力也太頑強！

這名倖存者不是別人，正是對菲爾出手後遭到反擊的小頭目。

菲爾走後，兩個幫派很快再次打起，雖然小頭目也有些手下，然而危急時刻誰都分不出神關注他的生死。

畢竟這些手下可沒有菲爾的防護能力，槍林彈雨中找掩體都來不及了，誰會冒險去救一個不知生死的人？

於是全世界都像是忘記了這個小頭目，任由他繼續在原地躺屍，甚至幫派邊打邊撤退時，都懶得回去找他了。眾人都認為他不是被流彈擊中身亡，便是已經遭人踩死。

誰知這人命這麼硬，竟然能夠撐到馮他們到場。

雖然還活著，但小頭目也只剩一口氣，安東尼不敢大意，連忙小跑到患者身邊並脫下手套，把右手按在他身上。

然後，如同神蹟的一幕發生了。

只見傷者燒焦的皮膚紛紛剝落，露出下面新生的完好皮膚。就像有人倒轉了他的時間，讓他逐漸變回受傷之前的狀態。

這是安東尼異能的效果之一，他的右手能夠治療傷口，只要觸摸到目標身體，治癒異能便會發動。

不過異能是自發性的，並不受安東尼的控制，因此他平常都會戴著手套，防止雙手與他人直接接觸。

安東尼沒有把人完全治好，待對方沒有生命危險後便收回了手。小頭目悠悠轉醒，還沒看清楚自身狀況，就開始一邊罵髒話一邊呼痛。

馮嫌棄地皺眉斥罵：「閉嘴！你再罵一句，我就揍得你以後說不出話！」

若是以前，蓋倫一定會嘲笑馮矯情。不過現在旁邊還有安東尼這個乖寶寶，確實該讓這個混混消音了。

罵罵咧咧的小頭目這才注意到旁邊的馮等人，看到這身曾出現在各大媒體、熟悉的特警組制服，小頭目倒抽一口涼氣，立即閉上嘴巴，不敢再罵。

見對方如此識時務，馮的神情緩和了些。經他詢問，小頭目知無不言地將兩個幫派之間的恩怨全說了出來。

蓋倫好奇地問：「你怎麼弄成這樣？被工廠的爆炸燒到？」

想到就氣，小頭目咬牙切齒地道：「不知哪來的怪人，在我們槍戰時礙手礙腳。後來還放電電我，我就是被他劈焦的，真是倒了八輩子楣！」

小頭目雖然不敢在他們面前罵髒話，但實在氣不過，提到那個怪人時還是忍不住罵了幾句。

三人對望一眼，有點驚訝這次幫派械鬥還牽涉到異能者。不過聽小頭目的話，那應該只是倒楣被波及的路人而已。

安東尼沒忘記他們此行的目的，正好眼前這人在西區混，便詢問：「最近你曾遇過一個面目模糊、騎著飛天掃把的人嗎？」

小頭目驚異地吐槽：「什麼鬼飛天掃把？沒有見過！」

說罷，他又想起什麼，立即說道：「不過你說面目模糊的話……那個放電怪人的臉正是一片模糊！」

三人頓時來了精神，想不到偶然救了個人，竟獲得心心念念的情報！

見三名特警對自己口中的怪人這麼重視，小頭目誤會菲爾是個被追捕的異能罪犯。懷著報復的心，立即把剛剛發生的事複述一遍，只希望特警盡快抓到對方，也算間接報了仇。

雖然小頭目非常合作，可惜知道的本就不多，給不了憑幾人太多有用訊息。

假設小頭目口中所說的就是他們要找的人，三人根據描述更新了掃把怪人的情報：那人疑似雷電系異能者，同時還有防護異能。這次目擊者沒看到他拿掃把，再加上先前的影像，推測他的飛天掃把進入西區會失靈……

三人統整完情報後，安東尼又問：「你知道他往哪裡去嗎？」

小頭目無奈道：「被雷劈到我就失去意識了，之後發生了什麼完全不清楚啊！」

說罷，他充滿惡意地補充道：「說不定死在哪個角落，這裡其中一具屍體就是他了。」

蓋倫對小頭目的說法嗤之以鼻：「別作夢了，你說他披著斗篷，這裡沒有一具屍體是穿斗篷的。」

馮詢問小頭目：「你是哪個幫派的人？」

一直知無不言的小頭目沉默了。

倒不是因爲義氣，而是萬一幫派被異能特警找上門，他豈不成了叛徒？要知道幫派對叛徒的處置非常殘忍，小頭目可不敢供出幫派名。

明白他的顧慮，馮淡然說道：「你想清楚，這次的事既然被我們碰上，這兩個當街械鬥的幫派我們是一定不會放過的。要是你能在抓他們時提供情報，說不定會成爲減刑的依據，總好過坐一輩子牢，不是嗎？」

小頭目聞言有些猶豫，馮又道：「要不，你刑滿出獄後，我們幫你弄個新身分，保證你不會被幫派的人找到。」

小頭目雙目一亮，態度明顯鬆動。馮做出最後一擊：「而且我們要抓那個用雷劈你的人，你幫派的同伴說不定有人知道他的動向，你就不想看他倒楣嗎？」

說要抓那個怪人，自然是騙小頭目的。

雖然推測可能是多系異能者的斗篷人眞的很可疑，但對方至今不曾做出任何危害社會的行爲。這次雷劈小頭目雖然有些防衛過當，但也不算什麼大問題。

馮只是看出小頭目睚眥必報的性格，說來騙他。

小頭目衡量利弊後，很快有了決斷。

「我明白了，你們說到要做到，幫我爭取減刑，還有出獄後給我新身分！」

幫派的大家，別怪我！

人不爲己天誅地滅，何況你們撤退時選擇丟下我自生自滅，那就別怪我出賣你們了。

小頭目冷笑了聲，便向三人道出他所屬的幫派名字，以及大本營位置。

憑他們努力追查菲爾行蹤時，菲爾已再次踏足大名鼎鼎的西區鬼屋。

這間鬼影幢幢的鬼屋在夜晚顯得更加陰森，如果現在查理在此，只怕顧不得在心儀的女神面前保持形象，會嚇到哭著逃離吧。

那些靈體依然存在，成爲惡靈後的它們已經失去身爲人類時的理智，只被仇恨本能驅使，攻擊所有靠近鬼屋的生命體。

因此明明早上已領教過菲爾的力量，它們也沒有絲毫退縮，仍毫不畏懼地包圍菲爾，誓要殺死所有進入鬼屋的人！

被怨靈包圍的菲爾不慌不忙地從腰間拿出一個雕刻成小劍的掛飾，這柄小劍材質非常特別，看起來像黑色的玻璃，但細看能發現劍身在光線下形成一個個彩色圓圈，就像彩虹變成的眼睛。

這是用黑曜石雕刻而成的小劍，黑曜石是熔岩凝結而成的天然玻璃，在古代因斷面非常銳利，而被人用來製作武器與刀具。

據說黑曜石光滑的鏡面可以反射負面能量，雖然價格便宜，卻是非常優秀的辟邪守護石。

爲了充分利用黑曜石的能量，菲爾特意將它雕刻成劍形，大大增加了它的攻擊性。面對怨靈圍堵，菲爾手持劍往外一揮，一道黑色劍光向四周怨靈斬去！

菲爾不懂劍術，甚至因爲缺乏運動，體力比一般人弱了些，然而法師的實力從來不與體能相關，這看似沒什麼力道的一劍，卻揮出驚人的殺傷力。

受到攻擊的怨靈發出淒厲叫聲，劍光劃破的缺口泛出黑氣，黑色的靈體迅速變得透明。

只要被劍光傷到，怨靈便失去攻擊力，它們完全拿菲爾沒轍。

怨靈數量很多，有時候菲爾無法周全，被它們鑽了空隙近身，他便會將劍身對準怨靈。黑曜石的虹眼彷彿具有生命般「凝望」著極具殺意的怨靈，將它們的攻擊盡數反彈。

然而這些怨靈即使已被削弱得無法對生靈造成任何傷害，卻依舊徒勞無功地朝菲爾攻擊。直至消散爲止，它們會一直持續著對生命的痛恨及攻擊性。

此刻菲爾就像是貓群中的貓薄荷，無論走到哪，這些鬼魂都會追著他移動。這倒是省卻了菲爾尋找靈體的力氣，確保這座大宅的鬼魂全都聚集在他身邊。

斬除了這些「貓咪」的爪牙後，菲爾將石劍掛回腰間，換取出兩枚平平無奇的石頭。

這兩枚棕色圓形礦石外表看來粗糙，相較之前菲爾使用的寶石，就像路邊的石頭般不起眼，甚至還略顯醜陋。

它們是堪薩斯石，仔細觀察會發現，兩枚礦石雖然顏色與形狀相同，但細節卻有差異。

菲爾左手拿著的那枚表面有些突起物，這些突起物是鐵礦結晶。至於右手拿著的石頭，雖然表面同樣布滿結晶，但結晶細小，看起來比左邊光滑許多。

人們把堪薩斯石分爲陰、陽兩種，菲爾左手拿的是陽性石，右手拿的則是陰性石。

菲爾把陰陽二性的堪薩斯石分別放在大宅兩邊，隨後啟動石頭的力量。

堪薩斯石屬於能量強大的淨化型礦石，在它們的影響下，亡靈怨氣逐漸淨化，不久後，黑色靈魂變得透明，看起來更像人們傳統意義上所形容的鬼魂了。

在陰與陽力量相會的中心點，一道暖光緩緩展露。

這道光芒很難以言語形容，它光彩耀目，卻又柔和不刺眼。聽起來很矛盾，只有身臨其境才能體會。

很快地，一條光芒形成的道路出現了。

菲爾道：「這條是亡者通往安息之地的道路，我沒有宗教信仰，不知道在光的盡頭會有什麼，但應該怎樣都比永遠被束縛在這間大宅裡好。」

被堪薩斯石淨化的靈體已擺脫了對殺戮的渴望，光之路浮現時，大部分鬼魂本能地受到它的吸引，向光芒聚集過去。

少數意志堅定，又或者近期才死去的亡者則恢復了理智。淨化後靈力薄弱的它們無法說話，只能紛紛向菲爾鞠躬表達感謝。

當最後一抹幽靈進入光之路後，菲爾便停止魔法。光芒瞬間散去，鬼屋恢復一片漆黑。

那些盤踞在鬼屋的怨靈已前往安息之地，這裡即使依舊黑暗，卻沒有深入骨髓的寒意與惡念了，就連空氣彷彿也清新不少。

菲爾收起堪薩斯石，有點疑惑地歪了歪頭：「這麼簡單？」

他原以爲這間鬼屋之所以有這麼多怨靈，是邪惡法師在背後操縱。畢竟利用大量生命獻祭以達到目的，一直都是那些人的拿手好戲。

菲爾本來已經做好戰鬥的準備，誰知直至他送走全部鬼魂，都沒有任何人現身阻止。

如果背後的主使者眞是邪惡法師，那對方一定不會任由他放走這些珍貴的「祭品」。然而菲爾卻輕易淨化了它們，全程沒人出來阻止。

「不是邪惡法師……這些人又是被誰殺死的？」菲爾沒有因此放鬆警戒，相反地，事情沒有如預期發展，令他對未知的危險更加憂心。

也許後期的亡者都是怨靈所殺，可最初那批怨靈是因誰產生的？那些人是怎麼死的？爲什麼會造成這麼大的怨氣？

菲爾覺得這座大宅一定還隱藏著某些祕密，然而仔細搜索後，依然毫無所獲。

菲爾想了想，脫下掛在脖子上的頸繩。

繩子末端掛著由金屬線纏繞而成的吊飾，中間是一枚有著絲絨光澤的奶白色礦石。

這是一枚很有趣的石頭，它的名字是「電視石」。

電視石的纖維結構能形成光纖現象，光線透過石頭反射卻不逸散，從而讓石頭底部的影像彷彿浮現於表面，非常神奇。

因此這種石頭擁有呈現隱藏之物的能量形態，菲爾正是要利用它的力量，看看四周有沒有什麼被他忽略的線索。

在電視石的映照下，鬼屋地面浮現各種鞋印、手印與大量血跡。還有一個個躺在各個地方的人形，就像是凶案現場警察用以記錄死者位置的粉筆印。

這些印記以不同深淺來呈現它留在鬼屋裡的時間。菲爾發現唯一「新鮮」的鞋印應該是他們今早留下來的，除此之外，其他印記都是很久以前的記錄。

也就是說，最近除了他與查理、瑪麗安三人以外，便沒有其他人進過鬼屋。

見屋內找不到其他有用線索，菲爾拿著電視石到鬼屋外繞了一圈。皇天不負苦心人，終於被他發現了不尋常的痕跡！

鬼屋外圍顯現出大量鞋印，這些鞋印顏色深淺不一，代表從很久以前到現在，有人頻繁來往此處！

菲爾連忙抱緊他的飛天掃把，確定隱形功能正常運作後，便循著這些顯露的痕跡走去。

他發現這些鞋印並不是走進鬼屋，而是繞到鬼屋後方，進入不再使用、早已乾涸的下水道。

下水道入口一片漆黑，看不清裡面有什麼。為免打草驚蛇，菲爾沒有使用任何照明，而是扶著牆壁摸黑前進。

黑暗中很難察覺時間的流逝，不知走了多久，漆黑的下水道突然大放光芒！對於待在全黑環境中許久的菲爾，突如其來的光線非常刺眼，猝不及防下，他幾乎要驚呼出聲。

幸好他忍住了，只見幾名男子從金屬門中走了出來，他們與菲爾之間的距離只有幾步之遙！

原來不知不覺中，菲爾已經走到了下水道盡頭。面前有別於外頭的破爛，一道光潔亮麗的金屬門立於眼前。正好有人從門裡走出來，下水道設置的電燈感應到有人出入便自動亮起，這便是突然冒出光線的原因。

菲爾知道機不可失，顧不得多想，在金屬門自動關上前連忙往門內跑去！

與菲爾擦身而過時，走在最前面的中年男子似乎察覺到什麼似地停下腳步，並且回頭往身後看去。

成功闖入的菲爾見狀，頓時緊張得不敢呼吸。

那是名穿著研究人員白袍的中年男子，眼鏡後方的眼睛涼薄又銳利。雖然身材瘦弱，卻因氣勢很足，給人非常不好惹的感覺。

中年男子似乎是這裡的大人物，其他人見他停下腳步，雖然感到莫名其妙，但也耐著性子等候，一副以這男人馬首是瞻的模樣。

男人上前啓動入口的紅外線掃描器，幸好魔法掃把的隱形功能很給力，魔法的隱形是概念上的隱形，無論是人類的肉眼還是機器的探測都無法「看」見。

確定此處只有他們幾人後，中年男子才舉步離開。其他人並未對此做出詢問，直接跟隨對方離去。

直至金屬門關上後，菲爾這才吁了口氣，剛剛眞的太驚險了！

10 意想不到的人

危機暫時解除，菲爾這才有餘力打量此刻身處的環境。

這是個隱藏在鬼宅附近的地下基地，四面是光潔簡約的金屬牆壁。這裡的警備非常森嚴，明明距離剛剛設有密碼鎖的大門不遠，但再往內走又是一扇帶鎖的門。

菲爾評估了下這道阻擋他前進的門，似乎需要內部人員的瞳孔與指紋才能解鎖。對於科技小白的菲爾來說，顯然不是憑他的能力可以打開的門。

現在的情況有點尷尬，前後各有一道金屬門，進也進不去，走又走不得。

這裡靜悄悄的，而且空氣非常悶熱，只待了一會，菲爾便熱出一身汗。

如果沒有像剛才那樣幸運地遇到有人出入，就只能一直困在原地，這讓菲爾不由得有些焦躁。

他甚至一瞬閃過了暴力破門的念頭，但先不論這些金屬門光看便很堅固，基地位置如此隱蔽，隱匿的東西一定不簡單，內部防護只會更嚴密。

即使眞的破壞了門，菲爾也沒把握成功闖入。就怕他破門時暴露了自己的位置，反倒引來基地警衛的圍攻。

菲爾懷疑鬼屋的亡魂很大機率都是死在這祕密基地的人手上。要是他的猜測沒錯，這裡的凶險程度可想而知。

在沒有把握能確保自身安全的狀況下，出手挑釁如此殘暴又不知底細的敵人，無疑是不理性的。

可知道是一回事，獨自一人被迫留在狹小悶熱的密閉空間，實在很難冷靜，若是有幽閉恐懼症，只怕都要發作了！

菲爾深呼吸一下，告訴自己別再胡思亂想。現在還不到山窮水盡的時候，魔法掃把的隱形能力是張很好的底牌，不到萬不得已可不能輕易暴露。

無所事事地待了一段時間，菲爾終於迎來離開此處的機會。那道接近下水道的大門再次開啓，不久前他見過的研究人員走了回來。

菲爾記得一開始他們有四個人，但現在回來的只有三個，不見領頭的那名男人。他猜測那人也許是基地的大人物，不久前遇到的便是下屬送走上司的一幕。

現在這些人折返回來，應該是將上司送走後回來繼續工作？無論如何，終於可以脫離現在的困境，菲爾忍不住在心裡高呼一聲「幸運」！

機不可失，在研究人員打開第二道大門時，菲爾連忙抱著掃把跟了上去。這個密閉空間實在太安靜，他怕腳步聲被對方察覺，不敢跟得太近，在大門自動關上時，驚險地成功閃身進去。

門後是一條長長的走廊，觸目所見依然是金屬外牆。走廊兩側都是實驗室，這些小型實驗室設有大片玻璃窗，在走廊便能隨時看到實驗室內的情況。

不少服裝與這幾人相同的研究人員在裡面忙碌地進行實驗，走廊上也有零星研究人員，更多的卻是荷槍實彈的警衛。

每走一小段路便會遇到一隊巡邏警衛，如此頻繁實在讓菲爾感到心驚，並很慶幸之前沒有輕率地暴露自己。

菲爾好奇地往途經的實驗室看去，卻看不出那些人到底在研究什麼。他只得暫時作罷，把注意力放回走在前方的三名研究人員身上。

三人邊走邊閒聊。他們的交談聲掩蓋了菲爾的腳步聲，讓一直走得戰戰兢兢的菲爾放鬆了些，並豎起耳朵偷聽他們的對話，想從中找出有用的資訊。

其中一位棕髮男子道：「漢娜，妳不是很崇拜博士嗎？這麼好的機會，怎麼不跟博士多說些話？」

三人之中唯一的女性說道：「湯姆，你可別害我。博士心情這麼差，我才不敢往他面前湊。」

說罷，漢娜便向另一人打探：「喬納斯，你跟博士一組，知道他爲什麼心情不好嗎？」

喬納斯神情木訥，似乎非常不擅與年輕異性相處。被漢娜指名問話，他有些反應不過來，過了一會才說道：「因爲實驗不順利吧？」

湯姆翻了翻白眼，覺得喬納斯說的都是些廢話：「你們的項目有順利的時候嗎？」

他這話說得很不客氣，喬納斯聞言臉色一變，不過他個性有點軟弱，雖然心裡不高興，面對強勢的湯姆卻不敢反駁。

「也是沒辦法的事，畢竟複製死人，並用異能將亡者的意識複製到新的軀體是前所未有的壯舉，創造歷史當然不容易了，只要有些微的誤差就要從頭再來。」倒是漢娜生氣地反駁了湯姆的嘲弄，畢竟那個項目是由她崇拜的博士主導，湯姆那番話雖是針對喬納斯，可也同時顯得博士很無能。

面對漢娜的反駁，湯姆不只沒有生氣，還帶著對心儀女性的討好回道：「我當然不是說博士做得不好，只是有些奇怪，這項目也不是第一次失敗了，之前大家的心態都很好，怎麼這次博士卻急了？」

別看湯姆對喬納斯說話很不客氣，三人中，喬納斯的能力是最好的，也只有他有資格參與博士的項目。

另外兩人雖然是其他小組的組長，可與喬納斯之間還是有差距，對於這個由博士親自帶領的研究項目進度所知不多。

見湯姆與漢娜都一臉好奇地盯著自己，喬納斯猶豫片刻，心想這也不是什麼不能說的機密，便告訴他們：「樣本的活性快消耗殆盡，也許這次的實驗是最後一次機會了。」

漢娜眨了眨眼睛，理所當然地說道：「樣本應該不是問題吧？窮人區裡沒有身分證明的人可多的是，這些人消失也不會有任何人在意，多抓一些過來使用就行了。」

一直尾隨在三人身後、努力消化資訊的菲爾，聽到漢娜的發言時不禁一愣。漢娜是個有著一雙水汪汪大眼睛的女生，雖然算不上貌美，但長得挺可愛的，是那種會激發男性保護欲的長相。

然而這甜美女生所說的話，卻帶著對生命的漠視。

湯姆與喬納斯完全不認爲漢娜的話有什麼問題，畢竟這也是他們研究室一貫的做法，只是這次並不像漢娜所想那麼簡單。

喬納斯道：「樣本來源很特殊，不是其他人能輕易取代。」

他沒有說樣本來自於誰，漢娜與湯姆也識趣地不追問。他們知道若涉及眞正的機密，喬納斯絕不會透露半句，也不用自討沒趣。

旁聽他們對話的菲爾，正努力整理所得的驚人情報。

這些人……竟然想要復活亡者嗎!?

不……不是「復活」。

他們用的詞是「複製」。

聽對話的意思，這些人想爲死者複製出新身體，並將對方的意識轉移過去。

爲什麼？

菲爾可不認爲這些研究人員是爲了對科學做出貢獻，他們躲在這種鳥不生蛋的地方進行實驗，連抓窮人來當樣本這種話都理所當然地說出來了，可見平常沒少做過草菅人命的事，這裡絕對是一間有違道德與法律的非法研究室。

菲爾又立即想到在研究室的上頭——充滿怨靈的鬼屋。

也許這個研究室的人，便是在鬼屋殺了不少人、造成滿屋怨靈的始作俑者！

根本不是什麼邪惡法師，普通人也能做出讓鬼魂怨氣沖天、令人髮指的惡行。

試想最初選址時，研究人員選擇了下水道作爲出入口。他們想在地底建立研究室，那麼住在附近大宅的居民就是他們首先要除掉的障礙。

殺掉幾波平民後，大宅再也沒有人敢入住。然而卻因爲莫名其妙消失的人太多，而有了鬧鬼的傳聞。

於是空置的大宅迎來居民以外的其他入侵者，比如躲進去吸毒的癮君子，比如前來探險的靈異愛好者……

怨氣是會凝聚的，要是研究室真的在進行不人道實驗，那麼被折磨至死的人也會產生強大怨念。這些怨念被大宅怨靈吸收，成爲供養它們的養分。

死者越來越多，然後怨氣達到一定程度，大宅的怨靈開始擁有強大的殺傷力。殺人的從研究室的人變成了惡靈，大宅從此成了被怨氣籠罩、活人無法久留的地方。

諷刺的是，這些惡靈無差別地殺人，倒是讓研究室稱心如意。他們不用再花費心力驅逐進入大宅的人，只要守好下水道的出入口即可。畢竟再有任何不長眼的人走入鬼屋，都會由徘徊在裡面的鬼魂來代勞。

這些惡靈，反倒成了加害者的看門犬。

也幸好瑪麗安他們到大宅探險時，研究室的人已經放棄那裡的防護，不然只怕他們對上的就不是惡靈，而是殺人如麻的殺手了。

菲爾對他們口中博士的研究很感興趣，他想弄清這些人大費周章地複製亡者到底有什麼目的。因此在三名研究員走向不同的實驗室時，菲爾選擇尾隨喬納斯離開。

只見喬納斯走到走廊的盡頭，按下密碼把門打開。

菲爾連忙跟了進去，這裡的空間比之前見過的所有實驗室都大，可是人數卻不多，顯得非常空曠。

菲爾進入實驗室後沒有亂走，而是隨喬納斯走向一名正在休息的研究員。

那是個正悠閒喝著咖啡的中年女子，喬納斯皺起眉頭，道：「不可以在實驗室裡喝咖啡。」

相較於面對湯姆與漢娜時的拘束，喬納斯對女研究員說話的模樣隨意多了，二人顯然非常熟稔。

女子笑著回他：「博士不在，這種小事別在意啦。我喝兩口而已，不會弄髒的。」

說罷，見喬納斯依然一臉不高興，女研究員便將保溫瓶的蓋子蓋上：「好啦，不喝了，這樣可以了吧。」

喬納斯有點不好意思地點了點頭，隨即詢問：「實驗進度怎樣？」

提及實驗，女子頓時雙目一亮，眼中浮現略帶瘋狂的狂熱：「這次非常順利！08實驗體發育良好，今早博士將它的意識複製進去，直到現在它都沒有像之前的實驗體那樣崩潰，這次說不定真的能夠成功！」

聽到女子的話，喬納斯眼中浮現同樣的狂熱。他們已經在這項實驗裡耗費太多時間了，現在終於看到一絲成功的希望，他迫不及待地說道：「我們去看看它吧！」

女子好笑地揶揄：「過去也看不到什麼啊，攝影機拍不到實驗艙內部的影像，我們又沒有權限把它放出來，有什麼好看的？」

雖然話是這麼說，但女子還是站了起來，與喬納斯同行。

菲爾跟上前去，他們離開休息區，越過一些菲爾不認得的儀器後，便來到存放標本的區域。

一個個玻璃水缸立在兩旁，這些水缸從地面直立至天花板，裡面用不明的透明液體浸泡著展示的標本。

因爲液體與玻璃的透明度很高，標本看起來就像凌空飄浮著一樣，嚇了菲爾一大跳。

標本的外貌全都慘不忍睹，它們有些是扭曲的人形，然而這些人形五官嚴重畸形，身體有部分缺失與變形，看起來異常恐怖。

有些標本甚至只是一團混雜著頭髮與牙齒的血肉。菲爾就像參觀了一場噁心的畸形秀，要不是身爲法師的他經常接觸各種外形怪異的魔法生物，有著一定的耐受度，否則他都忍不住要吐了！

然而喬納斯與女子卻對標本見怪不怪，女子在路過那個血肉模糊的肉團時，甚至還對喬納斯警告：「實驗艙裡的是最後的樣本了，你再心急想知道結果也別亂來，01就是培育時沒有全面遮光與阻隔，才會變成這個鬼樣子。」

喬納斯不服氣地嘀咕：「不是說這次的培育數據很穩定嗎？何況我們在後面幾次實驗裡，哪次不是小心翼翼地密封進行整個培育過程，不也從沒成功過？」

菲爾猛然一怔，他像是想到什麼似地，把目光再次投向標本。

數了數它們的數目，總共有七個。菲爾再想到二人曾經提及，現在製造的是08實驗體……

所以這些噁心的標本，全都是他們失敗的實驗品嗎？

他沒有時間細看，因爲喬納斯二人已繼續前行。菲爾趕緊跟上，雖然早知道這些二人正進行不人道的實驗，但直面這些實驗失敗的慘狀，還是讓菲爾很震撼。

這讓菲爾的心情變得沉重，在他思緒混亂地想著接下來該怎麼辦時，喬納斯二人的閒聊從前方傳來。

女研究員感慨：「樣本的細胞活性越來越低，只怕眞的不能再用了。」

喬納斯小聲說道：「我覺得這裡有點邪門，想想上面的鬼屋，當年弄死了多少武裝部隊的人？說不定我們實驗老是失敗，就是鬼魂弄的。」

女研究員一臉無奈：「別胡說，如果那些鬼魂眞的這麼厲害，早就闖進研究室找我們報仇了。」

喬納斯道：「但眞的很奇怪啊！明明過程從未出錯，可是儀器卻不時出問題，無論怎樣調整，攝影機都無法拍下實驗體的情況……」

聽著二人的對話，菲爾靈光一閃，猜到爲什麼他們的實驗總是失敗了！

惡靈的怨氣以鬼屋爲中心點擴散，研究室位處鬼屋下方，自然也是怨氣籠罩的範圍。

雖然地縛靈無法離開鬼屋，可是怨氣沒有界限之分。最容易被怨氣影響的便是脆弱的生命體，譬如病人與小孩子。

那麼，實驗體呢？

在複製成形時，迅速經歷了胎兒催化為成年人的過程。胎兒自然是會被怨氣侵襲的脆弱生命。還有那些帶有活性的細胞樣本，也是會最先受怨氣影響的「脆弱生命」。

被如此濃稠的怨氣入侵，實驗以失敗作收也是理所當然的吧！

至於攝影機無法錄下實驗進行的過程，是因為實驗體四周布滿負面磁場，足以影響電子儀器運作。這也是發生靈異事件時，家裡的電器往往會出現各種問題的原因。

為什麼他們將過程密封後的實驗結果比較好，大概是密封的環境能夠阻隔部分怨氣入侵，實驗催化成長出來的軀體便會比較完整。

想到這裡，菲爾也像喬納斯一樣，急於看看實驗體此刻的狀態了。

如果他的猜測正確，那麼在他完全淨化怨靈的狀況下，這次的實驗體能活下來嗎？

菲爾不知道那個被研究室拿了細胞複製的死者是誰，即使實驗體的身體複製自死者的細胞，還繼承了對方的思維與記憶，但嚴格來說，卻不再是死去的那個人，而是一個新生的生命。

菲爾可不能任由無辜的新生命留在這個研究室，雖然不知道研究室的目的，可是想也知道必定沒好事！

不過菲爾不打算硬來，他計畫著確認過實驗體的狀況後，便找機會離開報警，這間研究室之後便交給警方處理。

心裡大致有了決斷後，菲爾一直處於緊繃的心情總算輕鬆了些。

喬納斯二人來到一扇門前，這間實驗室裡竟然還有一個隱密的房間。此時菲爾終於知道爲什麼喬納斯要讓女研究員陪他一起來了，因爲想打開這道門需要兩個研究員的權限，他一個人無法進入。

菲爾故技重施，尾隨二人進入實驗室。

映入眼簾的是一座大型儀器，它像一個金屬做成的大型圓筒，上面布滿密密麻麻的電線，應該便是女研究員口中的「實驗艙」了。

「這次應該能成功了吧？真好奇這人是誰呀……」

聽到喬納斯的感嘆，抱著魔法掃把尾隨在後的菲爾眨了眨眼睛。

所以這些人在複製一個連他們自己也不知道身分的亡者？

這麼離奇的事，讓菲爾也好奇起實驗體的身分來。

喬納斯迫不及待地走到電腦前查看實驗體的數據，菲爾也好奇地湊上去看了看，跳過那些他不懂的複雜數據，菲爾成功找到他們這次實驗的開始時間——今天早上。

雖然只有一天，但已足夠他們催化實驗體細胞成長。這些研究員花費更多時間的，反而是每次實驗失敗後對實驗體的研究、檢討與再次準備。畢竟樣本的活性隨著時間越來越低，每一次的實驗機會都無比珍貴。

也許他們想複製的死者屍體已經火化，又或者是安葬在他們無法染指之處。因此對這些人來說，握在手裡的樣本才會如此獨一無二。

根據研究人員閒聊間洩露的資訊，以及眼前這些一知半解的實驗數據，菲爾得出了這次實驗會成功的結論。

也不知道對實驗體來說到底是幸還是不幸，被催化成長的階段，正好遇上了菲爾進入鬼屋清除惡靈的時候。

上午陪同瑪麗安探險時，菲爾已令怨靈們元氣大傷，暫時無法作惡，到了晚上，更是淨化了全部怨氣，將盤踞鬼屋裡的鬼魂送往安息之地。

所以有別於前幾任實驗體，08實驗體被催熟的期間，受怨氣的影響並不多。上午惡靈受傷後須要吸收大量怨氣，籠罩研究室的怨氣自然變少了。到了晚上，殘留下來的怨氣更讓菲爾全數淨化。

怨氣對實驗體的影響當然還是有的，而且這種影響不是醫學所能治療，得用魔法處理。

因此，菲爾改變了原本把事情丟給警察處理的想法，他打算先看看現在實驗體的狀況。要是他能治好對方，或許往後就找機會幫他一把？

喬納斯他們說過，只有博士擁有打開實驗艙的權限。菲爾對那位博士有點忧，可以的話，不想等對方回來時才行動。

實驗艙除了用電腦打開外，艙門上還有一個手動的開關，應該是在特殊的緊急情況下可以手動開門。

可菲爾沒有動那處的計畫，他打算在不打開實驗艙的狀況下查看。正好他今天為了勘查鬼屋的祕密帶了電視石出來，又可以再次派上用場。

奶白色的礦石被菲爾貼放在實驗艙外壁，礦石看起來渾濁不透光。然而從某個角度看去，卻變成了如玻璃般透明，石頭下的金屬彷彿浮現於石面上清晰可見，非常神奇。

在魔法啓動下，電視石浮現的影像不再是下方的金屬，而是更深、隱藏在實驗艙裡的畫面。

08實驗體的確如菲爾所預想般，已成功催化為人形，沒有像之前的實驗體般畸形，光看外表，已發育得與普通人沒有任何區別。

菲爾將視角拉近，想看看實驗體到底長什麼模樣，然而當他看清楚那緊閉雙目、陷入沉睡的實驗體的容貌時，如遭雷擊地愣住了。

那是一張他很熟悉的臉，在眾多有關格雷森家族的報導中、在家裡那些全家福裡，都有這副面孔。

深棕色短髮、小麥膚色與深邃的輪廓，顯示出這少年也許有著中東的血統。如果那雙緊閉的眼睛張開，應該是帶著冷色調的灰綠瞳色吧？

這是菲爾英年早逝的二哥，是那位他無緣相見的家人！

他是維德．格雷森！

菲爾想起那些研究員用著說消耗品的語氣，談論他們口中的樣本與實驗素材。想到沿路看見那些像展示物一樣放在兩邊、畸形又可悲的失敗實驗對象……

在不知道實驗體的身分時，菲爾已爲他們的遭遇感到悲傷與憤怒。現在得知實驗的樣本來自維德，雖然菲爾無緣與對方相識，但維德是肯恩珍視的兒子，是與馮他們一起成長的兄弟，是格雷森家族的一員！

菲爾都要氣炸了！

即使他很清楚維德早已死去，實驗艙裡的只是他二哥的複製人。即使他的理智叫囂著要自己冷靜，現在出手太過冒險……

但研究室作爲罪魁禍首，菲爾無法容忍維德的複製人繼續處於對方的掌控之下！

菲爾既然決心融入格雷森家族，也承認了這些新的家人，他自覺身爲法師的自己有責任守護他們。只要想到維德死後都無法安寧，又思及肯恩他們知道這件事後會有多傷心，菲爾實在做不到冷眼旁觀。

看著電視石裡映照出的08實驗體，菲爾動了動嘴唇，無聲地說道：「別怕，我不會將你留在這裡的。」

揉了揉發紅的眼眶，菲爾的表情變得堅定：「我一定會帶你離開。」

《格雷森家，禁止異能魔法！1》完

後記

大家好！

又是一個新系列的開始，很高興與大家在這本新書《格雷森家，禁止異能魔法！》見面。

不知道老讀者們有沒有覺得，主角菲爾的能力設定有點眼熟？大家還記得《傭兵公主》中的妮娜與夏爾嗎？在我寫《傭兵公主》的時候，已經出現了利用晶石來使用魔法的概念了。不過當時的設定非常簡單，法師吸收魔法晶石的魔力，使出魔法後水晶便會「啪」地粉碎。

水晶除了外形漂亮外，還有著各自的傳說、含意與代表的能量形態，我覺得這些都非常有意思。而且水晶的能量形態五花八門，要是把它配合魔法的招式來使用，不是很有趣嗎？

然而《傭兵公主》是第一人稱小說，故事都是從女主西維亞的視角展開，偏偏西維亞又是不能使用魔法的人設。妮娜與夏爾只是書裡的配角，要是過於詳細地解說魔法體系，難免會有些喧賓奪主。

所以儘管感到很可惜，但在《傭兵公主》裡對魔法的設定沒有深入描寫。只是「使用晶石能量來使用魔法」這個設定一直被我記在心裡，因此便有了《格雷森家，禁止異能魔法！》這本小說啦！

爲了讓菲爾所使出的每一種魔法能夠搭配適合的寶石，寫作時蒐集了不少資料，對不同種類寶石的了解變得更多了呢！

我本身很喜歡晶石，因此購買了不少水晶飾物。正好把照片放在作者簡介的位置，讓大家可以多了解故事中曾經出現過的寶石，有興趣的話可以去看看喔！

說到喜好，我現在春天買了一些月季苗，現在它們都長大了，每月持續開花中。眞的好美，而且滿滿的成就感！

最近天氣熱了起來，花朵盛放後在太陽下曬久便會焦黃。爲了延長花期，我會把月季花剪下來插瓶，於是便萌生了花藝的興趣。

不過花藝課程的費用比想像中高（主要是作爲教材的鮮花不便宜啊……），因此我打算先報讀短期的花藝興趣班感受看看，如果感覺不錯再說。

也許大家看到這篇後記時，我已經在臉書專頁或ＩＧ分享我的花藝作品了XD

說不定這會像喜歡水晶那樣給我一些特別的靈感，將來寫一本與花藝有關的小說呢，嘿嘿！

香草

格雷森家，
——禁止異能魔法！

下集預告

08實驗體在菲爾的悉心照料下日漸康復，
堅信自己便是維德。
實驗室窮追不捨，神祕法師出手救人。
多年前死亡的孩子回到家裡，卻只獲得猜疑。
繼承了基因與記憶的他，真是已逝去的那人嗎？

《格雷森家，禁止異能魔法！ 2》
2023秋季，敬請期待

國家圖書館出版品預行編目資料

格雷森家，禁止異能魔法！／香草 著.
——初版. ——台北市：魔豆文化出版：蓋亞文化發行，2023.7
冊；公分.（Fresh；FS210）
ISBN 978-626-96918-6-9（第一冊：平裝）
857.7 112007890

fresh FS210

格雷森家，——禁止異能魔法！ 1

作　　者　香草
插　　畫　Gene
封面設計　克里斯
責任編輯　林珮緹
總 編 輯　黃致雲
發 行 人　陳常智
出 版 社　魔豆文化有限公司
發　　行　蓋亞文化有限公司
地址：台北市103承德路二段75巷35號1樓
電話：02-2558-5438　傳真：02-2558-5439
電子信箱：gaea@gaeabooks.com.tw
投稿信箱：editor@gaeabooks.com.tw
郵撥帳號 19769541　戶名：蓋亞文化有限公司
法律顧問　宇達經貿法律事務所
總 經 銷　聯合發行股份有限公司
地址：新北市新店區寶橋路二三五巷六弄六號二樓
電話：02-2917-8022　傳真：02-2915-6275
港澳地區　一代匯集
地址：九龍旺角塘尾道64號龍駒企業大廈10樓B&D室
電話：+852-2783-8102　傳真：+852-2396-0050
初版一刷　2023年 7月
定　　價　新台幣 220 元
Published and printed in Taiwan

ISBN 978-626-96918-6-9

FS210

格雷森家，——禁止異能魔法！1

魔豆文化　讀者迴響

感謝您在茫茫書海中選擇了魔豆，您的支持是我們最大的動力。
不要缺席喔，讓我們一起乘著夢想的羽翼，穿越時空遨遊天地！

姓名：　性別：□男□女　出生日期：　年　月　日
聯絡電話：　手機：
學歷：□小學□國中□高中□大學□研究所　職業：
E-mail：　（請正確填寫）
通訊地址：□□□
本書購自：　縣市　書店
何處得知本書消息：□逛書店□親友推薦□DM廣告□網路□雜誌報導
是否購買過魔豆其他書籍：□是，書名：　□否，首次購買
購買本書的動機是：□封面很吸引人□書名取得很讚□喜歡作者□價格便宜□其他
是否參加過魔豆所舉辦的活動： □有，參加過　場　□無，因為
喜歡出版社製作什麼樣的贈品： □書卡□文具用品□衣服□作者簽名□海報□無所謂□其他：
您對本書的意見： ◎內容／□滿意□尚可□待改進　◎編輯／□滿意□尚可□待改進 ◎封面設計／□滿意□尚可□待改進　◎定價／□滿意□尚可□待改進
推薦好友，讓他們一起分享出版訊息，享有購書優惠 1.姓名：　e-mail： 2.姓名：　e-mail：
其他建議：

◎請沿虛線剪開、對摺、裝訂後寄出

◎請沿虛線剪開、對摺、裝訂後寄出

廣告回信　郵資免付
台北郵局登記證
台北廣字第00675號

TO：魔豆文化有限公司　收

103 台北市承德路二段75巷35號1樓

魔豆

魔豆